Corazonadas

BENITO TAIBO

Corazonadas

Planeta

Diseño e ilustración de portada: Alma Núñez y Miguel Ángel Chávez / Grupo Pictograma Ilustradores

© 2016, Benito Taibo

Derechos reservados

© 2016, Editorial Planeta Mexicana, S.A. de C.V.
Bajo el sello editorial PLANETA M.R.
Avenida Presidente Masarik núm. 111, Piso 2
Colonia Polanco V Sección
Delegación Miguel Hidalgo
C.P. 11560, Ciudad de México
www.planetadelibros.com.mx

Primera edición: septiembre de 2016
Segunda reimpresión: noviembre de 2016

ISBN: 978-607-07-3631-5

Impreso en los talleres de Litográfica Ingramex, S.A. de C.V.
Centeno núm. 162-1, colonia Granjas Esmeralda, Ciudad de México
Impreso y hecho en México – *Printed and made in Mexico*

Mira que son muy raras,
que para ellas el amor
es lo que hizo Dalila con Sansón.
LUIS EDUARDO AUTE

La mejor forma de averiguar
si puedes confiar en alguien es confiar en él.
ERNEST HEMINGWAY

Voy a demostrarte
que una mujer puede ser difícil.
JANIS JOPLIN

Esta vez para todos los sobrinos.
Por el privilegio de su presencia en nuestras vidas.

Y para Mely, como siempre y con amor.

PREÁMBULO NECESARIO

Encontré la caja por pura casualidad.

Rebuscando papeles para hacer uno de esos trámites ridículos que piden los gobiernos.

Estaba en la bodega del antiguo departamento, bajo un montón de escombros y de periódicos viejos; oculta por un patín del diablo, una licuadora, una tienda de campaña ajada, unos incomprensibles esquís para nieve en un país donde no hay forma de esquiar, y muy poca nieve; un viejo proyector de 8 mm, ropa, una maqueta de un zoológico y otros trebejos que fueron trayéndome a la memoria buenos recuerdos, atisbos de un pasado que no volverá y que, sin embargo, permanecen intactos dentro de mi cabeza, sacándome de tanto en tanto una sonrisa satisfecha.

En esa bodega estaba parte de mi historia y de la historia de mi mundo.

La caja era pequeña, de zapatos. Estaba firmemente atada con un cordel azul. Con marcador negro, en la tapa, impreso el nombre del propietario: Paco.

Así, sin apellidos, sin ninguna advertencia de *no tocar* o *frágil* o *material peligroso*. O nada que indicara claramente qué diablos contenía.

Conociéndolo como lo conocí, yo podría jurar que dentro de la caja podría haber cualquier cosa, desde mariposas disecadas hasta un huevo de dinosaurio; el mapa de una isla misteriosa o una pluma de pájaro dodo; un manifiesto libertario o la lista del mercado.

Me la llevé, junto con los papeles que buscaba, debajo del brazo, para descubrir en casa, con calma, su contenido.

Mis hijos tuvieron el privilegio de abrirla, ceremoniosamente, en la mesa de la cocina. Y al hacerlo, lanzaron al unísono un largo suspiro.

Dentro había cuadernos. Verdes. Delgados. De esos que se podían comprar antes en cualquier papelería y que hoy ya no existen. De cuadrícula. Estaban perfectamente alineados.

Había también dentro de la caja dos piedras.

Una blanca y una negra. Piedras marinas, lisas y perfectas. Él y yo. Nosotros.

Los cuadernos están llenos de palabras. De una letra abigarrada y azul.

Son instrucciones, pistas, consejos, memorias, cuentos y sueños.

Encima de todo, había una tarjeta firmada.

«Viernes: Haz con ellos lo que quieras».

Y eso hago ahora mismo. Comparto con ustedes uno de ellos.

Se llama *Corazonadas*.

Está escrito por mi tío Paco, mi brújula, mi faro, el hombre que de muchas maneras me salvó la vida y logró convertir lo ordinario en extraordinario.

Espero que lo disfruten tanto como yo. Les dejo un abrazo.

Sebastián

EL PRINCIPIO

Nunca pensé en tener hijos.

Los niños y las niñas me parecían pequeños monstruitos incomprensibles que gritaban a la menor provocación, caprichosos y egoístas, siempre tenían hambre y despertaban en medio de la noche llorando porque había algo en el armario. No dejan escribir a gusto y es raro que disfruten de la ópera o el jazz. Hay que bañarlos, vestirlos, sonarlos, darles comida y medicinas, enseñarles a hacer pipí en el excusado.

Los amigos que los tenían (por decisión o por casualidad) habían cambiado todos sus sueños por una casa segura, un trabajo seguro, una corbata segura, una cadena segura y un montón de obligaciones acumuladas que no les dejaban ver el bosque por andar contando las hojas del árbol que estaba frente a sus narices. Para ellos los hijos eran una suerte de lastre que impedía que el globo de la imaginación y la libertad se elevara, por lo menos un poquito, por encima del suelo.

Así que yo había decidido, desde muy joven, cuando entré a la escuela de antropología, que no traería niños al mundo.

Quería andar a mi aire, sin ninguna clase de atadura, durmiendo bajo las estrellas, comiendo lo que hubiera, contando historias alrededor de la fogata, conociendo personas y culturas diferentes, besando al mayor número posible de mujeres y no preocupado por cambiar pañales o poner la mano sobre la frente de un enano para ver si el motivo por el que lloraba sería fiebre.

Uno decide lo que quiere hacer en la vida. Punto.

Excepto cuando la vida decide por ti.

Y ese fue el caso.

Sin quererlo, de la noche a la mañana, de golpe y porrazo, como dicen, Sebastián llegó para quedarse. Por algún motivo que no alcanzo a discernir del todo, mi hermana dejó una carta en la que pedía que si algo le pasaba yo me hiciera cargo de su único hijo.

No sé en qué demonios pensaba cuando la escribió. A lo mejor fue durante una fiesta en medio de una borrachera y le pareció la broma perfecta para su hermano oveja negra, el más loco de la familia. Ese que había repetido tantas veces en las comidas familiares de los domingos que no le gustaban los niños.

Pero algo debió ver en mí que yo no vi nunca.

Era suspicaz mi hermana, sabía cosas de los demás que los demás ni siquiera se imaginaban en sus más raros sueños.

Y uno puede hacer cualquier cosa en la vida, excepto contradecir la última voluntad de una hermana que te deja a su hijo en prenda para que lo ayudes a transitar por los caminos de la vida. ¡Menuda responsabilidad para alguien que no quiere tener ningún tipo de responsabilidad!

Y de repente recordé una comida hacía mil años, en que ella me había dicho al oído:

—¿Serías capaz de hacer cualquier cosa por mí?

Y yo, sin dudarlo un instante, le había dicho que sí, que lo que fuera, que para eso sirven los hermanos.

Nunca me imaginé que «cualquier cosa» sería esto.

Pero tendría que ser a mi manera, con las reglas que iría inventando en el camino, o rompiendo las reglas que la sociedad impusiera y que no me parecieran justas ni correctas.

Sebastián es un caballerito salido de una novela romántica del siglo XIX; pide las cosas por favor, hace caso a lo que le pides, se suena y va al baño solo y no se despierta en medio de la noche pensando que hay un monstruo en el armario. Hace su cama todas las mañanas y tiene ese aire triste que le cruza la cara, como le debe cruzar a todos los que pierden a sus padres en un trágico y ridículo accidente automovilístico. Hace muchas preguntas y espera muchas respuestas. De vez en cuando lo oigo llorar quedamente en su habitación. Y muchas veces no sé si debo entrar a consolarlo o dejarlo vivir a plenitud su pena.

Tiene casi trece años. Va a una escuela horrenda donde le enseñan cosas inútiles.

Pili, mi otra hermana, quiere llevarlo a vivir con ella. Tal vez sería lo mejor. Se supone que las mujeres tienen un instinto maternal innato que les hace saber qué hacer en cada caso y obrar en consecuencia. Pero por algún motivo fui yo el elegido. Tendremos que descubrir, Sebastián y yo, juntos, ese motivo.

La relación no ha sido sencilla. Yo no quería tener hijos y él no quería tener un padre-madre sustituto.

Y, sin embargo, eso nos tocó a los dos en la ruleta de la vida. Y lentamente nos vamos amoldando.

El primer día, a pesar de que ya nos conocíamos, nos miramos uno al otro durante largo rato, midiéndonos, sopesando nuestras fortalezas y debilidades, calculando hasta dónde podría el otro soportar los sueños, los miedos, los más profundos secretos del que le tocó en suerte para compartir la vida.

Yo no sabía que un niño podía mirar tan fija, tan profundamente. Como si estuviera escudriñando dentro de mi alma para saber si dentro de mí habría un corazón lo suficientemente poderoso para aceptar el más grande reto de todos los tiempos.

E inmediatamente me di cuenta de que rescatar princesas de las fauces de un dragón, organizar una huelga, luchar a brazo partido contra la ballena blanca que golpea en la quilla del barco, volar, aguantar el aire en las profundidades hasta que los pulmones te estallen, saltar sobre un río de lava o ser perseguido por un tigre hambriento; todo, era una pequeñez, una tontería comparado con criar a un muchachito de doce años que acababa de perder a sus padres.

Y me dediqué, lo mejor que pude, a hacer que la cosa funcionara.

Me mudé a su casa. Para que no resintiera una pérdida más en tan poco tiempo; rodeado de sus juguetes, su ropa, su cama y todo aquello que le resultara familiar y cotidiano, haría, desde mi punto de vista, más fácil la transición. Me queda claro que uno no olvida un evento tan traumático como el que le tocó vivir al muchacho y, sin embargo, el tiempo, ese sabio maestro, que algunas veces puede ser cruel y terrible, pero otras, sirve como una suerte de bálsamo que va haciendo que las cicatrices duelan menos, se hagan más pequeñas, que te acostumbres a llevarlas contigo y sean una parte imprescindible de tu propia piel.

Lo primero que hice fue leer unos cuantos libros sobre la crianza de los hijos, de todos los sabores, colores, tendencias y filosofías.

Tan solo para descubrir que no sirven para nada o para muy poco. Están llenos de frases hechas y lugares comunes.

Llamar al doctor si el niño tiene fiebre de más de 39 grados es algo que haría por puro sentido común; no necesito que me lo diga nadie. Además, estos libros tienen un tonito de suficiencia y se dirigen a mí como si fuera yo un inútil total.

Mira, Paquito, si el niño hace un berrinche marca diablo y patea las puertas, rompe jarrones y tira por la ventana tus discos de Miles Davis, lo que tienes que hacer es preguntarle si algo le molesta, si puedes hacer algo por él en el tono más sosegado y tranquilo posible, y en voz queda y serena pedirle que se tranquilice.

Y yo pienso que el estrangulamiento es un método más efectivo en caso de que algo así ocurriera. Por si acaso voy a poner mis discos bajo llave.

¡Voy a cuidar a un niño, no a Mr. Hyde!

Esos libros se venden como pan caliente. A padres primerizos que están tan asustados que seguirían cualquier clase de instrucción, por más idiota que esta fuera. Utilizaré tan solo los libros que yo considero importantes para fabricar una educación sentimental y el máximo de sentido común.

Y en ese momento, como una iluminación, oí claramente la voz del abuelo dentro de mi cabeza, viniendo de lo más profundo de la noche de los tiempos; tan clara como la mañana que empieza y que veo ahora mismo por la ventana. Y yo, que no creo en lo absoluto en fantasmas o apariciones, tuve que rendirme ante ese acento español que daba consejos como si fueran instrucciones, o instrucciones que bien podrían parecer estupendos consejos.

—A los niños no hay que educarlos. Hay que quererlos.

Y me pareció lo más sensato que había oído en toda mi vida. Ya recibiría la educación en el colegio (y por cierto habría que buscar uno mejor) y yo me dedicaría a quererlo. En el fondo, es lo único que nos hace falta a todos para ser un poco más felices, que alguien nos quiera sin reservas y sin condiciones.

En esas estaba, en el cuarto que me agencié como estudio, cuando apareció Sebastián enfundado en un pijama de anciano, de franela de cuadros y con un montón de botones, incluyendo una bolsa a la altura del corazón. ¿Para qué demonios quieres tener una bolsa en el pijama? ¿Qué vas a guardar allí durante la noche, una pluma fuente por si alguien te pide un autógrafo?

Muy serio me veía desde la puerta, sin atreverse a cruzar la frontera invisible marcada por el inicio de la habitación y la alfombra azul que cubría el piso.

—Paco, ¿puedo pasar? —dijo muy serio.

—Adelante, licenciado —respondí, sin reírme de su pijama, aunque ganas no me faltaban.

Se acomodó de un golpe en un sillón, como un conejo. Y se hizo bolita. Empezó a hablar sin mirarme, con la vista fija en el quicio de la ventana, donde la rama de un árbol indicaba con su verdor que ya empezaba la primavera.

—Mis papás no van a volver, ¿verdad?

—No.

—¿Hice algo malo?

—No. Los accidentes ocurren cuando menos los esperamos. Y la gente se muere. Ni tú ni nadie tiene la culpa.

—¿Tú vas a ser mi papá?

—No. Yo soy tu tío Paco, a los padres no se les sustituye a menos de que no los hayas conocido nunca o sean tan malos que haya que cambiarlos por otros.

—¿Están en el cielo?

Y a Sebastián se le empezaron a llenar los ojos de agua, lentamente, como las filtraciones que ocurren en las paredes de las casas viejas.

Y yo, que no creo en los cielos ni los infiernos, dos fórmulas místicas inventadas por las religiones para asustar o premiar a los mortales, dudé unos instantes.

Si él quería creer en eso yo no era nadie para contradecirlo. Ya habría tiempo para hablar sobre el tema con más calma.

—Nube 427. Subiendo a la izquierda —dije con una sonrisa falsa de oreja a oreja y señalando con el dedo hacia el techo.

Se enjugó las lágrimas con la manga de franela pasando el brazo por los ojos. Y esbozó una breve, tímida sonrisa.

Me levanté de la silla y lo abracé. Lo más fuerte que pude. Dándole a entender con ese abrazo que no estaba solo, que contaba conmigo, que yo no me moriría en un accidente.

Y así sellamos nuestro pacto implícito. Sin una sola palabra de por medio, sin contratos ni averiguaciones ni dudas razonables.

Sentí cómo él me abrazaba, también con fuerza.

Eso no viene en ninguno de los libros que leí. Nadie lo cuenta. Sucede y punto. Dos voluntades que se unen de una manera inesperada.

—Te quiero —dijo.

—Te quiero —dije.

El principio.

DE AMOR Y OTRAS DECEPCIONES

Tal vez la parte más difícil en la relación que establecimos Sebastián y yo, y que en apariencia debía ser sólida y duradera, tuvo que ver con las infinitas explicaciones que había que dar todos los días. Y que me obligaban a revisar mis más viejos conocimientos de física, química, ciencias naturales, botánica, zoología, filosofía, matemáticas y otras muchas materias que no había revisitado desde que era un adolescente.

Estoy haciendo la secundaria de nuevo sin querer, junto con ese muchachito de casi trece años que va a tener una biblioteca y un tío. Y a veces licenciatura, maestría y doctorado de un solo golpe.

Un niño es una máquina de hacer preguntas. Y espera respuestas.

«No sé», es la peor de las opciones.

Por qué el jabón hace espuma, cómo se reproducen los caracoles, de quién es primo un número primo, cómo se forman las olas, por qué hay palabras largas y palabras cortas, cómo es que los elefantes no tienen dedos, y tal vez la más difícil de todas, la que tiene siempre implícita más preguntas que respuestas: ¿qué es el amor?

Y con esa salió Sebastián un día mientras comíamos un plato de arroz caldoso con pescado y camarones que me había quedado buenísimo.

Justo la soltó así, de golpe, sin premeditación ni alevosía, por puras ganas de saber, de entender.

—¿Qué es el amor? —dijo poniendo una cara angelical. Esperando, por supuesto, una larga respuesta.

A partir del momento en que comenzamos a vivir juntos yo ya había desechado la posibilidad de emparejarme. No iba a hacer una falsa familia para darle al niño una falsa sensación de seguridad. Nos teníamos uno al otro y eso bastaba. Pero tengo que confesar que yo me había enamorado más de una vez, a veces con resultados espectaculares, y otras con tormentas terribles que me dejaban siempre como un náufrago varado en una isla desierta, sin posibilidad alguna de salvación.

Explicar los sutiles y complejos mecanismos que se desarrollan dentro de tu cabeza y que determinan ese sentimiento no es tarea fácil. Desde el punto de vista de la química, y particularmente de la química cerebral, hay pequeñísimas fluctuaciones dentro de nuestro cerebro de ciertos elementos que hay allí dentro y que enloquecen a la vista de alguien que te gusta. Y según unos médicos ingleses, las *feromonas*, esas sustancias que todos los humanos segregamos, hacen que al percibir su muy tenue olor caigamos rendidos frente a otros.

Pero también está la *dopamina,* un neurotransmisor y una hormona que está ligada a un sistema de recompensa y placer que activa el cerebro, así que cuando la secretamos nos sentimos muy bien. Y babeamos literalmente por la persona amada. Igual que el resto de los mamíferos. Con la diferencia de que nosotros podemos explicarlo (o intentar explicarlo con palabras), y ellos no. Pero de que sienten, sienten.

Pero esta bonita explicación no me sirve nada a la hora de decírsela a un jovencito que va a cumplir trece años y que siente cosas inexplicables dentro de su cuerpo y de su cabeza cada vez que ve a la chica pelirroja de Segundo C. Y que se muere de ganas de entenderlo.

Explicar el amor es tal vez la más dura tarea de todos los tiempos. Filósofos, poetas, músicos, novelistas lo han intentado con métodos diversos y muchos y variados resultados, y cada una de sus obras es una suerte de declaración al respecto.

Hay tantas maneras de contar el amor como cabezas que lo piensan.

Antes de contestar la endiablada pregunta de mi sobrino (o de intentarlo, para ser más exactos), que ha sacado canas verdes a miles de personas a lo largo de la historia de la humanidad, decidí hacer una prueba.

Fui hasta mis discos y rebusqué durante un buen rato mientras él me miraba sorprendido.

—¿Vas a poner una canción?

— No. Voy a poner una declaración de amor.

—Así que no me lo vas a explicar… —Y puso esa cara de disgusto que ya voy conociendo.

—Oír es otra manera de explicar. No comas ansias, joven romántico.

Tardé un poco. Pero lo encontré. Un disco de la Sinfónica de Berlín.

En cuanto vio la portada se quejó.

—¡Música clásica! Puajj.

—Se llama clásica no por vieja, sino porque ha pasado de generación en generación sin envejecer ni un poco. Vale tanto hoy como el día en que fue compuesta y ejecutada por primera vez. —Y mientras hablaba saqué el disco de la funda y lo puse en el plato; seleccioné la pista y con inmenso cuidado dejé caer la aguja mágica sobre el surco donde comenzaría, en instantes, la maravilla.

—¿Qué vamos a oír? Porque mis papás me llevaron una vez a un concierto y me desperté con los aplausos finales —preguntó inquieto Sebastián.

Puse mi índice derecho sobre la boca para pedirle silencio. Subí el volumen a tres cuartas partes de su capacidad y dejé que el espacio que nos circundaba se llenara con esas notas inmensas y bellas.

Conforme iba pasando la melodía los ojos de Sebastián se entrecerraban sucumbiendo al embeleso de la música.

Al terminar, completamente emocionado me dijo:

—Eso. Eso es lo que siento.

—El *Adagio* de Albinoni —dije—. Una de las más bellas piezas del mundo. Compuesto en 1945 por el musicólogo italiano Remo Giazotto. ¿Viste que la música también explica, de otra manera?

—Ya. Pero sigo sin saber qué hacer con Julia. ¿Le pongo la música?

—¿La pelirroja se llama Julia?

—¿Cómo sabes que es pelirroja? —gritó, poniéndose a la defensiva.

—Te veo mirarla. Eso es suficiente.

—¿Y cómo soy viéndola, según tú?

—Igual que un borrego detrás de una cerca mirando una paca de heno fresco del otro lado.

—¡Qué comparación, no jodas! —dijo Sebastián ofendido. Usando esas palabras «domingueras» que se le dan tan bien.

—En cuestiones de amor, todos los que caen en sus redes y su embrujo se vuelven un poco idiotas, y son capaces de hacer los ridículos más feroces o los actos más heroicos y valientes que te puedas imaginar.

—¿Mandar poemas es ridículo? —pregunta inquieto el muchacho.

—No. Por el contrario. Mandar poemas es heroico. Porque dejar por escrito lo que sientes es un acto de valentía absoluta. No cualquiera se atreve. El truco es que estén bien escritos, que no sean muy cursis y que no estén llenos de lugares comunes ni de metáforas absurdas o muy obvias.

—¡Ejemplo, ahora! —Esa es la manera de Sebastián de exigirme aclaraciones importantes cada vez que yo hablo como adulto y me olvido de que él, por más que no lo parezca, sigue siendo un niño.

—Las perlas que se asoman de tus labios. O, ese manantial de miel que corre por tus hombros. O, el tambor que golpea dentro de mi pecho…

—Párale. Ya entendí. Esas son metáforas. Y son obvias. Es decir algo usando otra cosa.

—Afirmativo. Para poder escribir poesía hace falta leer mucha poesía.

Y el muchacho, con una ciega determinación, pone una palma al aire, extendida, diciéndome que le dé muestras palpables de mi dicho.

Y voy hasta la biblioteca. Y sin dudarlo siquiera un instante saco del librero *20 poemas de amor y una canción desesperada*, de Pablo Neruda.

Se lo pongo en la mano.

—Te dejo a un verdadero jefe en eso del amor y las palabras. Chileno. Premio Nobel. Un hombre íntegro y valiente.

—¿Me lo puedo llevar a la escuela? —preguntó con un brillo en la mirada.

Y lo dudé un poco, lo confieso. Ese libro me acompaña desde tiempos inmemoriales y me ha sacado de algunos bretes, aunque también me ha metido en no pocos problemas. Perderlo sería como perder un trozo de mi alma. Pero, por otro lado, había que invertir en la construcción de sólidos cimientos de la relación que entre Sebastián y yo apenas comenzaba.

—Por supuesto. Cuídalo mucho.

Y el muchacho sonrió de oreja a oreja. Encontraba en mí no solo a un tío que hacía de comer y le decía que se lavara los dientes antes de acostarse. Un cómplice.

Y eso no es algo que abunde, como los chicles de sabores en la tienda de la esquina.

No me dijo nada durante un par de días; lo vi pasar con el libro bajo el brazo rumbo al baño (el mejor lugar del mundo, desde mi humilde opinión, para leer), e incluso por la rendija de su puerta entreabierta vi luz en la madrugada, y el característico, único, irrepetible y espectacular sonido de las hojas al pasar.

Lo estaba leyendo, con pausas y sin prisas, saboreándolo me parece, exactamente como debe leerse la poesía.

Luego encontré, en la parte de atrás de su cuaderno del colegio que estaba abierto sobre la mesa de la cocina (yo nunca husmearía entre sus cosas, ese es un principio básico de la complicidad que no puede romperse por ningún motivo ni bajo ningún pretexto), algunas palabras de esas que no se escuchan todos los días por la calle, palabras de poeta. Y al lado, un viejo diccionario que había pertenecido a mi familia por lo menos durante tres generaciones.

Supuse que las había copiado de Neruda. Que no debía conocerlas y que buscaba su significado. *Ávida, socava, pubis, sucumbir, estupor, estival, frenesí.* Tenía una dura tarea por delante; no es poesía facilona la del maestro Neruda.

Yo no preguntaba nada y él tampoco me contaba nada. Sobre el libro, aclaro. Hablábamos de muchas cosas todo el tiempo. No parábamos de hablar.

Él preguntaba y yo intentaba contestar de la mejor manera. No había temas prohibidos entre nosotros.

—¿Qué hacen las prostitutas? —decía, por ejemplo, con una sonrisa angelical.

Y yo tragaba saliva e intentaba, sin ser demasiado explícito ni cruento, contestarle de una manera natural.

—Son mujeres que viven de vender su cuerpo.

—¿Un brazo, una pierna, el hígado? ¿Se van quedando sin pedazos?

—No. Quise decir que utilizan su cuerpo para dar placer. Se acuestan con personas por dinero.

—¿Se duermen con alguien por dinero?

—No duermen. Tienen sexo a cambio de dinero. ¿En la escuela no te han hablado sobre eso, sobre cómo se hacen los niños? —Y yo, sin darme cuenta, había comenzado a sudar.

—Ahh. Sí. Pero según la maestra de biología, los niños se hacen cuando un padre y una madre se acuestan juntos por amor.

—A veces no es necesario el amor para tener sexo. Es un impulso natural. Todos los animales del mundo lo hacen. Pero solo los humanos cobran por que otro utilice tu cuerpo para sentir placer.

Afortunadamente Sebastián tiene demasiadas preguntas dentro de la cabeza y cambia de tema como de calcetines.

—Pepe le llevó a Amalia un peluche el otro día. Un peluche rosa. Y todos le dijeron que era un cursi. ¿Cómo se puede ser cursi?

—Búscalo en el diccionario.

Y juntos nos sentamos en la mesa de la cocina a buscar la palabra en cuestión.

Cursi.

1. adj. Dicho de una persona: Que pretende ser elegante y refinada sin conseguirlo.

2. adj. Dicho de una cosa: Que, con apariencia de elegancia o riqueza, es pretenciosa y de mal gusto.

—No estoy muy seguro de que Pepe sea cursi. ¿Qué esperaban de un niño de trece años? ¿Que le diera un diamante a Amalia? —dijo entonces Sebastián con una lógica aplastante.

—Tienes razón —concedí inmediatamente—. Supongo que fue un acto de amor, ¿no?

—Sí. Igual que mandar un poema.

—Exactamente igual que mandar un poema. Hay muchas maneras distintas de demostrar amor. ¿Cómo vas con Neruda?

—Bien. De repente no entiendo del todo. Pero sí se nota que estaba enamorado.

—¿Qué fue lo que más te gustó?

Sacó el libro de su mochila. Impecable. Sin un rasguño ni una mancha delatora de ninguna sustancia de esas que a los niños les gustan.

Buscó unos segundos. Y en voz alta, de corazón, leyó un trozo.

Fragua de metales azules, noches de las calladas luchas,
mi corazón da vueltas como un volante loco.
Niña venida de tan lejos, traída de tan lejos,
a veces fulgurece su mirada debajo del cielo.
Quejumbre, tempestad, remolino de furia,
cruza encima de mi corazón, sin detenerte.

Me quedé helado. Generalmente todo el mundo cae en el embrujo del poema 20. Y este muchachito había escogido el 11; y particularmente un fragmento que a mí también me fascinaba.

—¿Por qué ese precisamente? —pregunté.

—Así me siento. Cuando veo a Julia no puedo decir ni una palabra. El volante de mi pecho da vueltas locas sin parar. Esa es una metáfora buenísima, poco común. No cualquiera diría eso, ¿verdad?

—No, no cualquiera lo diría. Ni lo entendería como veo que tú lo has entendido. Y ahora, ¿qué vas a hacer?

—Decirle que mi corazón es un volante loco, y que mi cabeza una rueda de la fortuna —afirma resuelto.

—¿Le vas a decir el poema?

—No. Voy a decirle que la amo.

Esa noche no pude dormir pensando en el momento en que Sebastián, mi sobrino y cómplice, se plantara frente a la pelirroja de sus sueños y le soltara, en medio del patio escolar, un «Te amo» salido de lo más profundo de su ser. Subido en esa montaña rusa de emociones que solo son provocadas por ese sentimiento que por traer, nos trae locos a todos, de una u otra manera.

Y todo ello empujado por la gracia y las poderosas palabras de Pablo Neruda, poeta de la tierra y los relámpagos, de las cosas sencillas y de los corazones que palpitan frenéticamente como locos volantes.

Oí cómo llegó de la escuela. La puerta se cerró con un sólido golpe. Y yo confié que fuera el viento y no una de esas terribles decepciones que provocan furia golpeadora de puertas.

Me puse a hacer como que escribía.

Pasó un rato y Sebastián no aparecía. No quería yo apresurar las cosas. Pero ardía en deseos de saber cómo le había ido con la pelirroja y la poesía.

Lo encontré en la mesa del comedor. Con las manos trenzadas en la cabeza. ¿Estaba llorando?

Llegué por detrás. Haciendo ruido para no sorprenderlo. No lloraba.

Me senté frente a él.

—¿Y? —dije lo más naturalmente que pude.

—¿Y qué de qué? —contestó.

—¿Cómo te fue?

—¿En la escuela?

—En la escuela y con Julia.

—En la escuela bien, aprendimos sobre montañas, cómo se forman y cuáles son las más altas del mundo. Lo de siempre.

—Eso es muy importante por si algún día estás encima del Everest y te entra la duda de cuánto mide. ¿Y Julia?

—Bien, gracias.

Tirar un sobrino por la ventana no se veía bien, aunque en ese momento ganas no me faltaron. Era obvio que no quería hablar del tema.

Opté por la graciosa huida gastronómica.

—¿Pasta con tomate y aceitunas o a los cuatro quesos?

—Como quieras.

Así que me puse a trajinar en la cocina mientras él se cambiaba de ropa. Yo que sé bien cómo son las decepciones, notaba sobre su cabeza esa nube negra característica que acompaña a los amantes despechados. Pero no le diría ni una palabra sobre el tema. Cada quien debe guardar luto por los amores perdidos a su manera y a su modo, gritando o en el más absoluto silencio. Comimos pasta con tomate, aceitunas y chorizo. No teníamos cuatro quesos.

Y mientras comíamos, otro fragmento del poema 11 vino, como una gaviota, a anidar en mis pensamientos.

Ansiedad que partiste mi pecho a cuchillazos,
es hora de seguir otro camino, donde ella no sonría.

El amor y el desamor vienen casi siempre en la misma bolsita, y si te descuidas te dan uno por otro en el momento menos oportuno.

Sebastián miraba la pared buscando respuestas. Como si por arte de magia fueran a aparecer en ella jeroglíficos ancestrales que contuvieran todas las respuestas del universo, y sobre todo, las respuestas que los mortales buscan desde siempre. Pero no pasaba nada.

Al final, soltó un suspiro que pareció la exhalación final de Moby Dick, largo y profundo.

Y se animó a hablar.

—¿Cuánto cuesta un peluche?

—¿Perdón? —dije, abriendo los ojos.

—Me oíste, Paco, no te hagas güey.

—No tengo ni idea. ¿Trescientos pesos? ¿Veinte dólares? ¿Dos mil pesetas? ¿Cincuenta mil yenes?

—Chistoso…

—No. Gracioso tal vez, chistoso no. ¿Qué pasó?

—Le escribí un poema. Lo leyó, me dio las gracias, se lo guardó en una bolsa y me pidió un peluche.

—¿No cayó rendida a tus pies?

—Para nada. Quiere un peluche. Un oso.

—Hay que pensar seriamente si nos conviene esa niña, por más pelirroja que sea. La poesía funciona nueve de cada diez veces. Y parece que nos encontramos la excepción que confirma la regla.

—No todos sentimos igual. Ni escuchamos lo mismo cuando nos lo dicen o cuando suena en el aire. Algunos se ponen a bailar con una canción y otros le cambian a la radio.

—Exactamente así funciona la vida. —Tenía frente a mí a un joven poeta que se había llevado un chasco y, sin embargo, lo tomaba con una filosofía estremecedora.

Le serví una nueva ración de pasta. Cuando las cosas quedan claras en tu cabeza regresa el hambre, siempre.

Al terminar, puso esa cara de resignación habitual de los que se dan cuenta de que han caminado mucho rato por el camino equivocado y que es más penoso tener que volver que encontrar un nuevo destino.

—No le voy a dar un peluche. Lo siento. Sería cursi. Y ridículo.

—Haces bien.

—Buscaré a otra pelirroja a la que sí le guste la poesía.

Me empezaba a gustar este niño.

Se quedó para siempre con mi libro de Neruda. Lo releía de vez en cuando y seguía anotando palabras en su cuaderno. Nunca apareció otra pelirroja. Pero la voz de Sebastián se volvió casi tan clara como sus convicciones.

Ese libro mío pasó a ser suyo. De su propiedad, en su biblioteca.

Pero esa es otra historia.

PESADILLAS

Despierto con el corazón a punto de salírseme del pecho. Los gritos son de escalofrío. A duras penas logro, sobresaltado, ponerme en los pies las pantuflas que están a un lado de la cama. Me pego un golpazo en la rodilla contra la mesita.

Corro rengueando hasta la habitación de Sebastián, que está al final del pasillo, y abro la puerta de un golpe.

Él está hecho un ovillo en la cama; ya no grita pero tiembla como una hoja de papel frente a un ventilador eléctrico. Enciendo la luz y me siento a su lado. Pongo una mano en su hombro. Ya está despierto y me mira con ojos desorbitados, llenos de miedo.

—Fue una pesadilla. Tranquilo —le digo mientras le paso la mano sobre el pelo empapado de sudor.

Recobra la compostura. Voy hasta el baño y le traigo una toalla de manos con la que empieza a secarse la cabeza; parecería que acaba de salir de una alberca.

—¿Qué soñaste? —le digo mientras le paso otra camisa de pijama seca.

—Nada, nada —dice restándole importancia.

No es momento de hacer chistes. A veces las pesadillas son tan reales que pueden casi matarte, lo sé por experiencia.

A pesar de la traumática experiencia de haber perdido a sus padres Sebastián duerme bien y toda la noche de un tirón. Solo al principio, cuando comenzamos a vivir juntos, de vez en cuando llamaba en sueños a su mamá, mi hermana. He leído que la figura materna aparece en los momentos más duros por los que pasan los seres humanos, como un símbolo de seguridad y de amor, recurrentemente, sin importar la edad del que la llama. Un niño o un anciano enfrentándose a una pesadilla o al dolor; el más fiero soldado herido o el náufrago que flota a la deriva en medio de un mar embravecido.

Todos llamamos a nuestra madre cuando las cosas se ponen mal. Aunque mamá no esté por ningún lado.

Es un grito primario de auxilio, llamada de salvación a nuestro primer contacto con la vida.

Pero eso duró muy poco. Al principio yo dejaba su puerta entreabierta y una luz tenue en el pasillo como tabla de salvación por si en medio de la noche aparecía el miedo, ese animal que nos acompaña siempre agazapado dentro de nosotros y que surge a la menor provocación, consciente o inconscientemente.

Pero al poco, Sebastián cerró la puerta y apagó la luz.

Y yo no dije nada. Las cosas cuando son naturales no hay que ventilarlas demasiado sino dejarlas pasar, como la brisa.

Pero lo de esta noche no era para olvidarlo fácilmente. Siempre llevaré en la memoria esos ojos de terror de mi sobrino, mirándome como quien mira a un espectro que se plantara de repente frente a tu cama.

—¿No me quieres decir qué soñaste?

—No —dijo resuelto.

—Dicen que la mejor manera de ahuyentar las pesadillas es contándolas. —Y le pasé un vaso de agua.

Estuvo en silencio unos minutos, sentado a la orilla de la cama, recuperando el resuello.

—Bueno —cedió al final.

—¿Aquí o en la cocina? —le pregunté. Yo que creo que es el mejor lugar del mundo para hacer confesiones.

Se levantó y caminó fuera del cuarto.

Y lo seguí.

Los terrores nocturnos son habituales en personas que han sufrido traumas severos, y este era el caso. Que tus padres desaparezcan de un día para el otro de una manera trágica no es algo que se olvide fácilmente.

Ya sentados a la mesa de la cocina serví dos vasos de leche y puse galletas en un plato (remedio infalible contra los malos sueños), a pesar de que eran ya casi las tres de la mañana.

—Escucho.

Se aclaró la voz, como los actores que están a punto de entrar a escena.

—Soñé que te morías tú también.

Y en ese momento sentí cómo una garra me atenazaba la garganta. Era simultáneamente una confesión de amor y de miedo. Yo era lo único que él tenía. Y él lo único por lo que yo vivía.

Tragué saliva y aguanté el llanto.

—No te preocupes, *Viernes*, soy inmortal.

Levantó los ojos desde el vaso de leche y me miró honda y profundamente. Tristemente.

—Nadie es inmortal.

—De acuerdo, los demás no, pero yo sí. Estaré aquí para siempre, a tu lado.

—¿Por qué, si nadie es inmortal, tú dices que sí lo eres?

—Porque tengo una misión muy importante, y cuando uno tiene una misión muy importante no se puede morir.

Hace esa mueca suya tan característica que parecería una sonrisa. Sabe perfectamente que estoy mintiendo, que todos tarde o temprano nos morimos porque así funcionan las cosas. No lo he convencido en lo absoluto.

—Hagamos un trato.

—¿Cuál?

—El famoso trato de las tres de la mañana de la primavera.

Me tiende una mano para chocarla con la mía. Yo la estrecho.

—El trato consiste en que yo no moriré mientras tú me necesites.

—¡Sale! Yo te voy a necesitar siempre. Así que llegaremos los dos a ser unos viejitos, viejitos, que verán en sus sillas de ruedas los amaneceres.

—¡Sale! Pero como eres mucho más joven que yo, a ti te to-cará cambiarme los pañales.

—¡Qué asco! ¿No podemos contratar a alguien que lo haga?

—Tendrás que trabajar mucho para mantener a tu propia familia, a tus hijos.

—Que entonces mis hijos nos cambien los pañales a los dos...

Y soltamos al unísono una carcajada.

Cada quien tiene una misión en la vida; la mía es estar con Sebastián el tiempo suficiente para que se convierta en un hombre bueno, sensible, justo. La suya es alegrarme todos los días con su maravillosa presencia y su capacidad de asombro. La de los hijos que tenga será cambiarnos los pañales. Pobres, menudo destino.

Estamos muy despiertos a pesar de la hora. Las personas normales se hubieran vuelto a acostar y a dormir. Nosotros afortunadamente no lo somos.

Le propongo leer un rato en la sala con un tazón de palo-mitas de maíz.

Se pone la bata que fue de su padre. Azul y con un ancla bordada en el bolsillo del pecho. Le queda larga, pero no im-porta. Estamos solos.

Escojo una historia de amor. *La balada del café triste*, de Carson McCullers.

Comienzo a leer en voz alta el cuento del hombre peque-ño que se enamora de una giganta, demostrando así que en esas cuestiones no hay imposibles, que uno decide siguiendo sus intuiciones y el ritmo del latido de tu corazón, y no hay poder humano ni diferencias ostensibles que te hagan cambiar de parecer.

Después de un rato largo, Sebastián bosteza. No es por el libro, que lo mantiene atento y concentrado, es el cansancio que tarde o temprano nos vence a todos sin excepción.

Se levanta del sillón de la sala.

—Me voy a dormir.

—¿Estás bien? —pregunto.

—Estoy perfecto.

Pasa junto a mí y me da un beso en la mejilla.

Y a medio camino se detiene. Y sin volver la cabeza dice:

—Gracias, Paco.

—¿Por las palomitas y el libro?

—No. Porque sé que mientras te necesite, que será para siempre, serás inmortal.

Oigo cómo se cierra su puerta y se me sale un par de lágrimas traicioneras de los ojos.

Hay promesas imposibles de cumplir.

Y, sin embargo, hacemos el mejor de nuestros esfuerzos. Con eso debería ser más que suficiente para quedar a mano con la vida.

CADA OVEJA CON SU PAREJA

Tira el muchacho de catorce años la mochila por encima del sillón grande de la sala. Justo donde estoy tomando una breve siesta para recobrar energías después de un día de mercado, cocina, limpieza profunda de la casa, lavadora, secadora, trapeador de pisos y alguna cosa más que ya se me olvida. Eso de ser amo de casa es mucho más agotador de lo que siempre pensé. Y todos aquellos que crean que las mujeres no hacen un trabajo por estar en casa, están completa, absolutamente equivocados. Esos maridos que se quejan todo el tiempo deberían quedarse un día en sus hogares y hacer lo que ellas hacen, tan solo para descubrir el verdadero valor del trabajo doméstico. Afortunadamente, los tiempos están cambiando y ya son muchos los que ayudan en los quehaceres y con los niños, y han dejado a un lado su postura machista y ridícula. Y eso, sin hablar de las madres que además de hacer las cosas de casa también trabajan fuera.

A ellas habría que ponerles un monumento.

El caso es que la mochila, llena de libros, lápices y cuadernos, me cayó de lleno en el estómago. ¿Es normal que cargue tantas cosas? La mochila de Sebastián debe pesar lo mismo que la que llevaba Stanley en su viaje por el Congo en busca del doctor Livingstone.

Obviamente no lo hizo a propósito, no podía verme desde la puerta, pero me sacó el aire.

Un amargo despertar intentando jalar oxígeno por la boca. Como un pez gigantesco al que sacan del agua y boquea y se revuelca en el piso del bote.

Upsss. Oí decir detrás de mí.

Lentamente me fui recobrando. La cabeza de Sebastián se asomó por encima del respaldo del sillón. Dos ojos asustados bajo un flequillo rebelde.

—Perdón, perdón, perdón —decía, deshaciéndose en disculpas. Pero con el principio de una sonrisa maligna entre los labios. De esas que salen sin querer cuando ves a alguien resbalar y caer en la calle y que se convierten, también sin querer, en un descuido en carcajada.

—*Out* en tercera —fue lo primero que vino a mi boca.

—¿Cómo? —preguntó el muchacho asomando de lleno la cabeza.

Me senté. Ya respiraba. Le hice un gesto para que se pusiera a mi lado.

—¿Nunca has visto un partido de beis?

—Nunca.

—Y no sabes, por supuesto, quién es Joe DiMaggio.

—Ni la menor idea.

—Pues, además de haber estado casado con Marilyn Monroe, que con eso sería más que suficiente para pasar a la historia como un héroe, era un grandísimo pelotero.

—¿Te di en la cabeza o en el estómago? ¿De qué hablas, tío?

—Hablo del rey de los deportes. El beisbol. Tal vez lo único, aparte de los libros, que me emociona de verdad.

—¿Y no te emociona tener un sobrino tan guapo y tan inteligente al que le gusta el fut? —contesta pícaramente.

—Casi tanto como las otras tres posibilidades —y caigo sobre él, como un oso, para torturarlo con cosquillas hasta que le salen las lágrimas.

Cuando terminamos la guerra, y después de una patada que recibí en las costillas (este tipo me va a matar tarde o temprano), caemos despatarrados en el sillón, felices, recuperando el resuello.

—¿En serio te gusta el beisbol?

—En serio. Tu abuelo, cuando estaba de buenas, me llevaba a ver partidos cuando era niño. Y eran los momentos más felices de mi vida. Nos sentábamos detrás de primera base y logré agarrar más de una bola que se iba de *foul*; las debo tener en una caja en alguna parte. El estadio al que íbamos ya no existe. Hay montones de cosas que había cuando yo era niño que han dejado de existir. Como si el mundo se hubiera ido transformando mientras nosotros mismos nos vamos transformando.

—Te estás poniendo triste —nota inmediatamente mi sobrino.

—Un poco. Ponerse triste tampoco es malo. Quiere decir que vas construyendo tus memorias y que hay cosas que no están aquí y que deberían estar.

—Mis papás, por ejemplo.

—Así es. Tus papás deberían estar aquí explicándote cómo se juega beisbol, qué es el sexo y un montón de cosas más para las que no me considero preparado.

Me da un amigable manotazo en la espalda. De esos que dan los camaradas al salir de la trinchera después de haber soportado una noche entera de bombas enemigas.

—No lo haces tan mal, muchacho. De sexo ya sé bastante. Y de literatura. Y las dos son muy emocionantes —me dice sonriendo. Solo le faltaría un pequeño bigote para ser un capitán de tanques de esas películas en blanco y negro que sobre la Segunda Guerra Mundial pasan de vez en cuando en la televisión.

Ahora, el niño soy yo. Y el adulto que me consuela es Sebastián, completamente instalado en su papel de tutor de este que soy y que amenaza con quebrarse de un momento a otro.

Se pone muy serio. Con las dos manos me toma de la cara y me mira fijamente a los ojos.

—¿No has pensado en casarte, Paco? Ya podrías sentar cabeza.

Y al que oigo no es a un niño que todavía no cumple quince, sino a mi propio padre diciendo lo mismo desde la cabecera de la mesa del comedor, en esos domingos luminosos en que a veces reíamos y a veces terminábamos a los gritos por un quítame estas pajas.

—¿De dónde sacas, bellaco, esa estrafalaria, estrambótica, grotesca idea? —le contesto con mi mejor acento de actor del Siglo de Oro.

—Cómo te encanta usar palabrejas. Y sigo pensando que deberías casarte.

—¿Necesitas una mamá?

—En lo absoluto. El que necesita mujer eres tú.

Tal vez tenga razón. Pero por el momento mi prioridad es su vida. El que tenga una buena vida, quiero decir. Y meter a un tercero en discordia en esto que estamos apenas modelando podría ser contraproducente.

—Pues yo tampoco necesito mujer —le digo lo más seriamente que puedo.

—¿Nunca te has enamorado?

Me va a sacar canas verdes. Y la respuesta es sí, me he enamorado tantas veces que he perdido la cuenta; me enamoré de las mamás de mis amigos, de las maestras, de mis compañeras de clase, de las vecinas, de desconocidas y conocidas. Me enamoré hasta el ridículo y la ignominia. Tan enamorado que mi corazón amenazaba con salirse del pecho de lo violentamente que latía, de noches en vela pensando en ella, enamorado de dejar de comer y casi hasta de respirar.

Pero, sin duda, todo eso que sentí en cada uno de los momentos de mi vida, que recuerdo tan claramente como si hubieran pasado hace unos instantes, no debería ser el ejemplo perfecto. Se supone que debo mostrar madurez, mesura, sentido común.

—Como loco. Muchas veces —respondí, negándome a mentir para parecer un adulto consciente y responsable.

—¡Órale! No me lo imaginaba —replica Sebastián mostrando un interés poco común.

—¿Qué esperabas que fuera, un solitario loquito en una cueva?

—¡Cuéntame la primera vez!

Y estaba a punto de hacerlo cuando tuve una de esas ideas que iluminan a las personas y los días.

Me levanté de la mesa y fui hasta la que se había convertido en mi habitación. A mis espaldas oí un grito: «¡Cobarde!». Y luego la imitación perfecta del cacareo de una gallina ética, pelética, pelapelambrética como de la que hablaba mi hermana.

Pero no caí en la provocación.

Y al poco regresé con un libro en las manos.

—¿Te vas a salir por la tangente? —pregunta el joven del demonio.

—No. Yo puedo contar mil y una noches historias de amor sin repetir una sola, aunque estuviera amenazado de que si no lo lograra me cortarían la cabeza. Pero hay quienes las cuentan mucho mejor que yo. Y este es el caso.

Y le di *Las batallas en el desierto*, de José Emilio Pacheco.

—Allí está la historia de Carlitos. De una ciudad que se derrumba y cambia mientras él va cambiando, y de cómo se enamora de Mariana, la mamá de Jim, su mejor amigo.

—Pero no es tu historia.

—Sí lo es. Es la historia de muchos. Yo también me enamoré de la mamá de mi mejor amigo. Y luego me di cuenta de que prefería conservar a mi mejor amigo. Que hay amores imposibles.

—¿Cuántos años tenías?

—Quince.

—A mí no me gusta ninguna de las mamás de mis amigos. Y estoy por cumplirlos.

—Haces bien. Léelo. Te va a gustar.

Pasaron algunos días. Tenía el libro de Pacheco en su mesita de noche y no lo movía de allí. Lo leía por las noches. Cinco noches exactas.

Desayunando un sábado, Sebastián habló mientras yo asaba unas enormes lonchas de tocino y le sacaba el jugo a unas naranjas dulces.

—Oye…

—Oigo…

—Me encantó la historia de Carlitos.

—Lo sabía. Nadie puede resistirse a la literatura inteligente y que cuenta grandes historias, aunque las historias sean pequeñas.

—¿En serio te enamoraste de la mamá de un amigo?

—Sí, en serio. Sufrí como un perro. La veía y me sudaban las manos, me temblaban las piernas, tartamudeaba.

—¿Y nunca se lo dijiste?

—No.

—Al revés que Carlitos.

—Exactamente. Te tengo una sorpresa. Hoy se presenta en la Feria del Libro, en el centro, José Emilio Pacheco. Va a dar una conferencia. ¿Quieres que te firme el libro?

Y como respuesta, Sebastián hizo el ritual apache de la felicidad, que consiste en aullar y correr como loco alrededor de la mesa del comedor.

No le conté que sí le dije a la mamá de mi amigo que la amaba. Y que ella me sonrió tiernamente y me pasó la mano por la cabeza y me dijo que ya se me pasaría. Y, sobre todo, que guardó el secreto durante toda la vida. Y que gracias a ello seguí teniendo a uno de mis mejores amigos, y que a los pocos días, envalentonado, le pedí a la más guapa de mi salón que fuera mi novia y que aceptó.

No le conté todas esas cosas porque uno debe guardarse ciertas historias en su propio corazón para consumo personal. Para alimentar los sueños.

Sebastián tiene el libro de Pacheco firmado con una dedicatoria más que generosa. Es uno de esos escritores que es también, y sobre todo, una bellísima persona. Y lograr esos dos prodigios en uno no es cosa de todos los días.

Y yo lo llevé después a conocer el sitio donde estaba el campo de beisbol y que se convirtió en un feo e inmenso centro comercial.

Y justo en el centro de esa plaza, rodeados de gente que pasaba con bolsas o comiendo helados, le narré, entrada tras entrada, el mejor partido de beisbol inventado de la historia, mientras Marilyn Monroe, con su vestido blanco y vaporoso, nos miraba y sonreía desde las gradas con sus labios rojos.

ENAMORARSE

—¿Los dictadores pueden enamorarse? —pregunta Sebastián en medio de la comida, y yo casi escupo sobre el mantel el trago de vino que tenía en la boca. Pero como buen esgrimista, contesto como me enseñó mi maestro Porthos, mosquetero de la reina, envolviéndolo con mi capa mágica. Esto es, contestando con otra pregunta.

—¿Y por qué no podrían?

—No sé. Son malas personas, matan a otros, no permiten que la gente se exprese…

Es un gran argumento, interesante. Alguien así no podría, desde nuestra perspectiva, amar a otro de una manera sana y buena. Y, sin embargo, pueden. Tuve que decepcionarlo, una vez más.

—Lamentablemente pueden. Incluso vivir una vida aparentemente normal en su casa, besando a su mujer y pasando la mano por el lomo de su perro consentido, peinando a los niños antes de mandarlos al colegio. Y al salir de allí convertirse en los seres más crueles y despreciables del mundo.

—¿Cómo?

—No lo sé de cierto. Pero supongo que carecen de empatía.

Y me miró, por supuesto, como a un bicho raro.

—He oído la palabra pero no me acaba de caer el *veinte*. ¿Eso está en la sangre?

—No. Eso está en la cabeza. *Empatía* es poder tener sentimientos hacia los otros, sufrir por lo que sufren, alegrarse por lo que disfrutan, llorar por sus lágrimas.

—Pero tienen empatía. Besan a su esposa y quieren a sus hijos, ¿no? —Este muchacho tiene futuro en los debates. Me queda muy claro.

—Aparentemente. Pero fuera de ese muy pequeño círculo, que tal vez abarque a otros familiares y tal vez a amigos o cómplices, no hay empatía con el resto de los humanos. No los consideran sus iguales.

—¿Son monstruos?

—Sí. Un tipo de monstruo. De esos que también se enamoran.

Se quedó en la mesa muy pensativo revolviendo con la cuchara el postre de zapote negro con jugo de mandarina que me había quedado de rechupete. No podía entender cómo era posible que un monstruo pudiera enamorarse. Y la verdad, yo tampoco. No por lo menos esa clase de monstruos.

Pero es que hay de monstruos a monstruos.

Unos, los que son producto de la imaginación y la literatura, por ejemplo, sirven para que nos veamos reflejados en ellos y descubramos lo que de humano hay en nuestro interior. El monstruo sirve para conjurar nuestros fantasmas y pesadillas, sirve para mantener el frágil equilibrio entre nuestra parte oscura y nuestra parte luminosa, sirve para que reconozcamos en ellos la diferencia que hay con nosotros y mantengamos siempre el pulso para que la balanza no se descontrole y se vaya hacia una zona terrible.

Sebastián es un personaje sumamente sensible.

Le duele el mundo y le duelen las pequeñas cosas del mundo que suceden todos los días.

Pero ese dolor, humano y natural, no puede paralizarte; necesitas una breve pero sólida coraza que a veces te aísle del mal que hay alrededor y que te permita obrar en consecuencia, y en la medida de lo posible luchar contra él y remediar sus estragos.

Algunos lo llaman *cinismo*. Yo no. Lo llamo *instinto de supervivencia*.

Pero me queda claro que ese instinto no debe servir para pasar por sobre los demás, imponer tus opiniones o usar, como la usan tantos para argumentar sus acciones, la frase que atribuyen a Maquiavelo que dice que «el fin justifica los medios».

Nunca malos o aviesos fines se pueden justificar con medios aparentemente nobles.

Sebastián sigue removiendo el postre con la cuchara. Le pregunto si se lo va a acabar, y ante su negativa me lo zampo bebiéndolo directamente del plato hondo.

No soy un buen ejemplo, pero soy su único ejemplo.

¿De dónde sacaré un texto poderoso para demostrar al muchacho que los monstruos también pueden enamorarse?

Nadie puede experimentar en cabeza ajena. Pero la literatura brinda esa espectacular y única posibilidad.

No propondré que nos volvamos monstruos tan solo para demostrar que sí pueden enamorarse. Pero tarde o temprano encontraré algo que sostenga mi dicho.

La falta de apetito de Sebastián no fue, como yo creí, por andar sumergido en disquisiciones filosóficas. Resultó que tenía una bastante grave infección estomacal y tuvimos que ir al médico en busca de alivio.

Tengo todavía mucho que aprender sobre síntomas, causas y efectos. Mi «sobrinillo de Indias», como lo llamo cariñosamente, es una caja de sorpresas. En cuanto noté que tenía fiebre (y eso me llevó buena parte de la tarde), él mismo buscó en la agenda que había pertenecido a su madre el teléfono del médico, habló con la secretaria e hizo la cita. Como todo un enfermo profesional de casi quince años.

¿No me tocaba?

Claro que me tocaba. Pero supongo que eso que llaman «instinto maternal» todavía no está plenamente desarrollado dentro de mí. Será cosa de ir aprendiendo lentamente. Jamás hubiera llamado a Pili para que me diera consejos. Eso significaría que se vendría a instalar a nuestra casa y haría en mi cocina el caldo de pollo más insípido del mundo.

Después del diagnóstico pasamos a una farmacia por las medicinas y volvimos a nuestro castillo, nuestro refugio, nuestra isla desierta. Tiene que quedarse un par de días en cama por prescripción del galeno, que me cayó muy bien.

Así que *Viernes*, como lo llamo aunque refunfuñe, me mira desde la cama sin reproches. Sabe que le espera un par de días en que recibirá apapachos, esa palabra muy mexicana que no tiene traducción en ninguna otra lengua y que significa simultáneamente abrazo, caricia, consentimiento, cariño, retribución, ternura.

No tenemos televisión. Y esto ha sido una discusión larga entre los dos. Desde que se descompuso la que tenían sus padres no he hecho el menor intento de arreglarla. Pero la presión de sus compañeros en la escuela es bastante poderosa. Sebastián habla de los libros que compartimos, y sus amigos sobre las series de moda. Así que a la vista de algunos, es el bicho más raro que hay sobre la tierra.

—¿Qué pasa si hay un temblor y no nos enteramos como si viviéramos en la época de las cavernas? —dice *Viernes*, utilizando un exótico argumento para que compre una.

—Nos enteraremos porque las lámparas se moverán y se romperá algún vaso en la cocina —respondo quitándole importancia al supuesto temblor.

—¿Y si se anuncia una guerra? ¿O hay una inundación? ¿O nos invaden los extraterrestres?

—¿Te imaginas que llegue un montón de hombrecitos verdes y nos pidan que los llevemos con nuestro líder? A mí me daría mucha vergüenza que lo conozcan. Nuestros supuestos «líderes» son para dar pena ajena. Yo me cubriría la cabeza con una bolsa de papel y me haría tonto. ¿Tú no?

—La verdad sí. ¡Qué oso!

Y nos ponemos a hablar del poder, de las maneras sucias o limpias por las que se llega a él, y de cómo los que supuestamente velan por nuestros intereses tan solo velan por los propios. Y se olvida por un rato del tema de la televisión. Soy un genio.

Por algún motivo que desconozco, debe ser la edad, las ganas de entender, de comerse el mundo a cucharadas soperas, de llenarse el corazón con sorpresas y asombros, Sebastián vuelve a preguntar sobre el amor.

Y para mí, la mayor parte de las veces ha sido una piedra con la que tropezar y caer.

Eso me sucedió hasta el aburrimiento desde que tengo memoria. Y, sin embargo, lo intentaba una y otra vez, todo el tiempo.

Te ves a ti mismo tropezar, y al pasar por el mismo camino tropiezas con la misma piedra, que no se ha movido de su lugar.

Los humanos somos especialistas en eso de tropezar. Y yo, el más terco de los tropezadores.

Pero no lo voy a aburrir con la historia de mis amoríos, que fueron casi todos ellos naufragios.

Hace un par de años tuvimos una experiencia que podría calificar de divertida y aterradora simultáneamente; conduje a Sebastián a matar al que creímos era el último vampiro de la Ciudad de México. A mí me parecía una genialidad, pero para él resultaba bastante dramático, por decir lo menos. Sacamos los dos del evento una buena dosis de conclusiones sobre el bien y el mal y sobre los otros, los diferentes. Está *Viernes* convirtiéndose en una buena persona que aprende a discernir y a sentir empatía. Se está construyendo.

—¿Te acuerdas del vampiro? —le digo mientras le saco el termómetro de la boca (ya está bajando la fiebre).

—Todavía oigo crujir las malditas escaleras —responde poniéndose una mano en el pecho, dramatizando—. Pero resultó mesero. Buen mesero y mal vampiro.

—Los vampiros, para efectos prácticos, son monstruos, ¿no?

—Ya no estoy tan seguro.

—Chupan sangre y matan a otros. Eso los hace monstruosos, por lo menos para algunos.

—Viéndolo así...

—Pues bien. Te voy a dar la mejor demostración de que los monstruos se enamoran.

—No vayas a traer a tu amigo mesero-vampiro y a su novia, por favor. No me siento bien.

—No, no. Algo mucho mejor.

Y salgo de la habitación envolviéndome con una manta, como si de una capa se tratara. Imito (bastante mal) la siniestra carcajada de Christopher Lee, el mejor de los vampiros en una de sus inolvidables películas. Pero confieso que sonó tan falsa como una declaración de político mexicano.

Al poco, vuelvo. Y caminando lentamente voy hacia la cama de mi sobrino que se tapa la cara con las sábanas. Con el acento transilvano del conde (o una réplica) llego hasta su oído.

—Tegno paga usted una histogia de amog… Una histogia que viene desde el lejano 1897, contada pog el genial Bram Stoker.

Y saco de debajo de la manta el libro *Drácula*. Se lo entrego ceremoniosamente con las dos manos, como si fuera una joya preciosa.

Sebastián lo toma, igual de ceremonioso, y me mira fijamente.

—Tío. Esta no es una historia de amor. Lo conozco. Ya hasta vi la película.

Salgo de mi personaje un instante para ser de nuevo el que soy, uno de los mejores recomendadores de libros del mundo, mi verdadero oficio.

—Sí lo es, de muchas maneras. En el fondo, todas las historias son historias de amor. Hay en todos los cuentos que se han contado a lo largo de la historia de la humanidad uno o varios amores que mueven la trama, que la empujan, que la llevan adonde debe ir. Y las películas casi nunca cuentan lo que los libros sí.

—¿Drácula se enamora?

—Tendrás que leerlo.

Y salgo de la habitación para hacerle la cena.

Mientras cocino, pienso en algunos monstruos de la literatura que se enamoran: *El fantasma de la ópera*, de Gastón

Leroux, Quasimodo, el jorobado de *Nuestra Señora de París*, de Víctor Hugo, y otros tantos que rondan mis libreros.

Seres malditos, deformes, terribles, diferentes, que en el fondo lo único que esperan es, a pesar de su monstruosidad, ser amados.

Como todos nosotros.

LA CASA DE ENFRENTE

La ventana de la habitación de Sebastián da a la calle.

Y algunas veces lo encuentro apoyado en el quicio mirando hacia afuera, viendo llover o pasar a las personas. Un poco melancólico salió el muchacho. Ayer mismo pasó más de media hora mirando un gran árbol que está frente a nuestra casa.

Me acerqué por detrás, como siempre, haciendo un poco de ruido para no asustarlo.

Pero no se inmutó, siguió con la mirada fija en el follaje. Me puse a su lado.

—¿Todo bien? —pregunté.

—No estoy seguro —respondió.

Y me señaló la casa, al otro lado de la calle, que estaba parcialmente tapada por el árbol que, según yo, él miraba embobado. Solo se podían ver pedazos de la misma, la puerta de entrada, la cochera, una ventana del segundo piso y un poco más de la fachada.

—¿Y? —dije.

—¿Te acuerdas de Esperanza? Iba conmigo en primaria. Pero la dejé de ver en cuanto terminamos. Alguna vez toqué la puerta para saludarla, pero me dijeron que se había cambiado de ciudad.

—¿Y? —insistí, pensando que detrás de todo esto podría haber algo importante.

—Y su papá sigue viviendo allí. En esa casa. Y sale solamente a comprar comida al mercado.

—Sebastián, me estás desesperando.

—No creo que trabaje. Nunca lo veo salir y entrar, excepto para ir al mercado y volver, un día sí y otro no.

—¿Y la madre de tu amiga?

—No lo sé. Nunca la vi. Eran los dos solos. Él la llevaba y traía a la escuela todos los días. Algunas veces la dejaba salir a jugar a la calle, pocas. Pero de repente, de un día para otro, puff.

Miré la casa. Pero en este particular caso el árbol no dejaba ver el bosque.

El sobrino había estado leyendo un montón de novelas de Sherlock Holmes. Temí que su imaginación, por mi culpa, estuviera un poco desbordada y viera un misterio donde no existía nada.

Lo tomé de la mano y subimos juntos a la azotea. Para ver la casa de la vecina en plenitud.

Y nuestra sorpresa fue mayúscula.

Todo parecía ser normal. Una casa de tres pisos de clase media alta mexicana, construida a principios de siglo, pero hoy venida a menos; le faltaba, por lo menos a la fachada, una buena mano de pintura. Con cortinas pesadas de color oscuro en todas las ventanas. Una casa demasiado grande para una persona.

Miramos un rato largo sin descubrir nada extraño.

Hasta que Sebastián señaló con un dedo la parte más alta de la casa. En una de esas ventanas, la más pequeña de todas, la cortina estaba un poco corrida, muy, muy poco. Pero podía verse un atisbo de ladrillos, un trozo acaso de ese inconfundible color. ¿Había una pared de ladrillos dentro de la habitación?

Fui por los prismáticos.

—Espérame aquí y escóndete. Nos pueden acusar de mirones y de andar espiando a las vecinas desnudas. Sobre todo a las del edifico del otro lado, en el cuarto piso, las guapas...

—Eres un mal pensado —reclamó airadamente.

—No. Pero es el mejor lugar del mundo para hacerlo. La desnudez no tiene nada de malo, pero los demás sí son mal pensados. No tardo.

¿Por qué habría una pared de ladrillos dentro de una habitación? Yo también he leído muchas novelas de Holmes, y sé que si se restan todas las posibles variantes de un misterio, las obviedades, la adivinanza, y se queda uno tan solo con la observación pura y dura, el análisis, el método, lo que resta, por más inverosímil que parezca, será el resultado final.

Pero la deducción es un arma de dos filos que puede llevarte a pensar cosas que no son, a menos que sigas al pie de la letra las instrucciones.

Lo primero que pensé fue que en esa habitación había algo oculto. ¡Bravo, Paco! Una obviedad.

Lo segundo fue que no le bastaban al que lo hizo las cortinas oscuras y pesadas; tendría que ser algo sólido, una pared de ladrillos, por ejemplo, para ocultarlo.

Y no seguí deduciendo porque ya llegaba hasta donde estaba *Viernes* agazapado; sudaba.

Me fui en cuclillas hasta él.

—¿Qué pasa?

—Acaba de salir el señor de la casa. Con su bolsa del mercado.

—¿Te vio?

—No miró hacia arriba, pero sí a los lados de la calle, dos veces.

—Eso es sospechoso.

—¿Verdad?

Miré el reloj. Las 11 de la mañana de un sábado soleado en el que no teníamos nada mejor que hacer que resolver un misterio.

—¡Vamos al mercado!

Y salimos corriendo de la casa. Al vuelo tomé la cesta de la compra para darle un aire de naturalidad a nuestra pesquisa.

Está muy cerca.

Lo vimos a lo lejos. En el puesto del pescado. De vez en cuando el hombre miraba hacia los lados, como esperando a alguien.

Conozco a la dueña de ese puesto.

En cuanto se alejó, nos acercamos.

—Doña Esmeralda. Buenas tardes.

—Don Paco, qué gusto. Tengo calamares frescos.

—Póngame un kilo, por favor. Oiga. El señor que se acaba de ir me resulta conocido, ¿cómo se llama?

—Manuel no sequé. Siempre viene. Es vecino de por aquí cerca.

—¿Y qué compró? —pregunté mientras revolvía con la mano el hielo para poder ver bien unos mejillones.

—Lo de siempre. Dos filetes de pescado. ¿Y usted, anda de safari?

—¿Perdón?

Y me señaló el pecho. Donde colgaban los prismáticos que con las prisas seguían allí alegremente.

¡Valiente detective de quinta era yo! Me los arranqué torpemente y los puse en la canasta. Sebastián sonreía sardónicamente.

En cuanto nos fuimos de allí siguiendo al tal Manuel me dijo:

—¡Ayyy, Holmes! Solo te faltaron la pipa y la gorrita de cazador.

—¡Cállate, niño!

El caso es que lo fuimos siguiendo a prudente distancia durante todo su recorrido (y aprovechamos para mercar nosotros mismos lo necesario para la semana). Si, como me dijo Sebastián, iba un día sí y otro no al mercado, estaba comprando comida suficiente para dos personas.

Alguien más estaba en esa casa misteriosa.

Hicimos calamares a la romana con salsa tártara y nos pusimos a leer a Holmes concienzudamente.

Por la noche, mi sobrino tuvo una idea brillante.

—Paco, ¿por qué no llamas a una de las mamás del viejo colegio? Alguna de ellas debe acordarse del señor Manuel y su hija Esperanza.

Y lo hice. Hablé con la única con la que me llevaba bien. Adriana, la madre de un muchachito que durante una época fue muy amigo de Sebastián.

Y me contó una historia terrible.

La esposa de Manuel Zepeda había muerto trágicamente durante un asalto en esta ciudad que cada vez se nos va más de las manos. Hacía casi dos años. Parece ser que estaban muy enamorados y que él, después del suceso, estuvo internado en una clínica psiquiátrica por la terrible depresión. Esperanza se fue a vivir con una tía.

Y al tiempo, después de salir del hospital la sacó de la escuela justo cuando terminó la primaria. No se volvió a saber nada de ella. A él le dieron el dinero del seguro y se jubiló anticipadamente, así que no necesitaba trabajar.

Adriana se atrevió a ir a darle el pésame y preguntarle por la niña. Pero no pasó de la puerta. Con malos modos le dio las gracias y se metió en el caserón donde seguramente seguía, día con día, rumiando su pena y su desgracia.

—¿Puede uno por amor acabar en un psiquiátrico? —preguntó mi sobrino.

—Se puede uno hasta morir —respondí tristemente.

Y le conté largo rato acerca de muchos de esos amores terribles y a veces heroicos que llevan a la destrucción y hasta la tumba. Le hablé de *Romeo y Julieta* (que todos saben cómo termina trágicamente) y de *Otelo*, ese personaje que encarnaba los celos como nadie en la historia, y de cómo estos nos pueden llevar a la locura; las dos del grandísimo William Shakespeare. También comentamos *La dama de las camelias*, de Alejandro Dumas, esa tristísima historia de amor (y Sebastián dijo que era cursi).

Entonces, saqué mi as bajo la manga y puse sobre la mesa a Florentino Ariza y su obsesiva y callada historia; enamorado desde siempre de Fermina Daza.

Pero no abundé para no estropearlo. Le entregué ceremoniosamente en las manos *El amor en los tiempos del cólera*, del maestro Gabriel García Márquez.

Y esa noche no pude dormir pensando en esa habitación con ladrillos en la casa de enfrente.

E imaginé a la niña Esperanza: recluida, flaca y harapienta, encerrada por el delirio de su padre para que no le pasara nada nunca.

Hay historias así. Padres que piensan que afuera hay monstruos y prefieren esconder a sus hijos para que no sean contaminados por los males del mundo. Amor enfermo. Porque también hay esa clase de amor, lamentablemente.

En el México de los años cincuenta, y esto sucedió de verdad y no en la literatura, un hombre desequilibrado encerró a sus tres hijos en una casa durante largos años creyendo que así los protegería de las pasiones humanas. El cineasta Arturo Ripstein hizo una espléndida película al respecto llamada

El castillo de la pureza, donde se muestra crudamente el hecho, con guion de José Emilio Pacheco. Los niños de la película se llamaban Voluntad, Utopía y Porvenir.

Pero en el encierro no puede haber ni voluntad ni utopía ni mucho menos porvenir. Por más amor que tengas a aquellos que piensas que estás protegiendo.

Así que decidí tomar cartas en el asunto.

Pasamos el domingo entero espiando la casa del vecino. Inútilmente, porque no salió ni entró nadie durante todo el día.

A media tarde Sebastián se aburrió y nos fuimos al cine.

Pero el lunes, en cuanto se fue a la escuela, me apersoné en la estación de policía.

Y acusé al señor Manuel, basado en mis pobres conjeturas, de secuestro.

Fui con un par de gendarmes hasta su casa.

El resto de la historia es muy vergonzoso. Ni siquiera se la conté a Sebastián.

No había tal niña ni tal secuestro. Esperanza vivía con su tía felizmente y estaba en una secundaria donde era muy popular.

El cuarto tapiado tenía tan solo un montón de vestidos, puestos como en un aparador, de la mujer muerta de don Manuel.

Él dijo que no quería que los tocara el aire para conservarlos para siempre. Era lo único que le quedaba del amor de su vida, ese que le habían arrebatado...

Me deshice en inútiles disculpas y le ofrecí mi amistad. Y él, con una mirada extraviada que solo tienen aquellos a los que el amor les ha envenenado la razón, me dio la mano, fría como un témpano.

Los policías me regañaron durante un buen rato y me dijeron que no anduviera jugando al detective, que eso era cosa seria y para profesionales.

A los pocos días, Sebastián, que ya andaba en otras cosas, jugando futbol y leyendo novelas de aventuras, me propuso seguir ahondando en el misterio de la casa de enfrente.

—No es necesario —le respondí duramente. Aunque por supuesto no se lo merecía.

Y me miró como si estuviera yo loco. Supongo que igual que Watson miraba a Holmes cada vez que se quedaba callado en sus ensoñaciones.

Esa tarde vimos cómo don Manuel salió de la casa con una enorme maleta a cuestas. Y no supimos de él nunca jamás.

La casa fue demolida y allí construyeron un edificio de departamentos.

Cada vez que paso por enfrente, la sombra del gran árbol que cubre la fachada me recuerda que hay amores que son para siempre.

Y a veces, en la soledad y oscuridad de mi habitación, pido a mis santos laicos que cuiden a ese hombre, esté donde esté, rodeado de la ropa de la mujer de su vida.

LOS AMOROSOS

No voy nunca a la escuela por Sebastián.

Es un pacto tácito que hicimos en silencio cuando cumplió trece años y se hizo de su propia biblioteca. Tiene que ver con esa curiosa vergüenza que les da a los adolescentes frente a sus amistades, para sentirse mayores, para saberse independientes. No hay nada peor que tener en la puerta de la escuela a una madre acalorada que en cuanto te ve empieza a criticar las manchas que llevas en la camisa, o mucho peor, a abrazarte y besarte como si fueras un osito de peluche. Poner en evidencia así a un adolescente es poco menos que declararle la guerra.

Yo sé que a él no le importaría en lo absoluto. Creo, incluso, que le daría gusto de vez en cuando. Pero yo honro nuestro pacto hasta ahora no escrito, y que hoy dejo consignado en estas páginas.

De vez en cuando, sin que se dé cuenta, lo miro salir de la escuela desde una bocacalle escondida tan solo para

71

enorgullecerme de ese pequeño hombre en que se ha convertido y que es mucho más un cómplice que un hijo.

Es cordial, generoso, honrado, valiente, imaginativo, y
todo lo rebelde que se debe ser a esa edad, y siempre, pase lo
que pase.

¿Quién dijo que crecer significaría volverse serio y aburrido? ¿Que junto con el cambio de voz y la salida de vellos en
ciertas partes de la anatomía debe venir incluida una corbata?
¿Que se tiene que dejar de soñar, o de asombrarse o de morir-
se de la risa por el chiste más tonto que escuches? ¿Quién dijo
que hay que dejar de disfrutar de la vida? ¿Dónde diablos está
puesto que no se vale seguir siendo un adolescente (por lo menos dentro de ti) para siempre?

He comprado bicicletas para los dos. Con un argumento
imbatible.

Emilio Salgari fue en la ciudad donde vivió, Turín, presidente del Club de Velocípedos. ¿No basta para tener una bicicleta? Yo digo que sí.

Los sábados y domingos hacemos largas excursiones por
nuestra magnífica ciudad, y vamos hablando y viendo mientras avanzamos en dos ruedas.

El resto de la semana yo no la uso (excepto para ir al mercado) porque me duelen la espalda y las piernas de tanto
pedalear los fines de semana; pero *Viernes* es un ciclista em-
pedernido. La bici se ha convertido en aliada y compañera,
medio de transporte y de huida en caso necesario. Y sale temprano rumbo al colegio montado en ella, como un caballero
andante en su corcel, para *desfacer* entuertos y batallar contra

gigantes que a algunos, poco imaginativos, les parecen molinos de viento.

Le he puesto una canasta de mimbre en el manubrio. Allí lleva libros y comida. Los útiles escolares van en la mochila, a su espalda. La comida se la pongo yo, que para eso me pinto solo, y todos los días lo sorprendo de mil maneras. Nunca lleva el típico sándwich aburrido de jamón y queso que comen todos los alumnos del mundo en los recreos. Una vez le puse un coco.

Un coco verde y grande, sin pelar. Tan solo para ver cómo reaccionaba. Para asombrarlo, para hacerle ver que la vida está llena de magníficas sorpresas y que siempre hay que esperar lo inesperado.

Cuando llegó ese día de la escuela, no le dije nada. Y él, para sorprenderme, tampoco.

Y en ese duelo de silencios, que se prolongó parte de la tarde, perdí. Porque como bien dice Oscar Wilde, puedo resistirlo todo excepto la tentación. Y tenía una poderosa tentación de saber qué había hecho con el coco.

—¿Te gustó la comida? —pregunté mientras él hacía la tarea en la mesa del comedor.

—¡Buenísima! Mil gracias —contestó misterioso, sonriendo malévolamente.

Lo odié.

—¿Te costó trabajo abrirla?

—En lo absoluto. Ya te dije que estaba buenísima.

—¿Usaste tu machete malayo regalo de Sandokán?

—No.

—¿Un cuchillo como el de Tarzán?

73

—No.

—¿Una piedra como Robinson?

—Tampoco.

Me desesperé muy rápidamente y allí volví a perder.

—¿Cómo demonios abriste el coco?

—Con la lógica de Isaac Newton —respondió enigmático.

—¿Cómo?

—Con gravedad. —Y sacó de la mochila un trozo de coco blanco y jugoso, y me lo ofreció.

Lo tiró desde la azotea de la escuela, me enteré después. Causando un gran alboroto en el patio de recreo. Parece que estuvo a punto de darle en la cabeza a la insoportable maestra de matemáticas, pero afortunadamente falló.

—Por cierto —dijo—, te quiere ver el director mañana a las diez. Para hablar de almuerzos escolares.

Y al día siguiente tuve que soportar una larga retahíla de recomendaciones acerca de nutrición y elementos comestibles «peligrosos», como los llamó el muy poco simpático director, que no sabe sorprender, excepto con las altísimas cuotas escolares, a sus inquietos alumnos.

Sebastián me demostró que puede valerse por sí mismo. Y entonces, más orgulloso todavía, tentando al destino, otro día le mandé una lata de sardinas sin abrelatas. Pero esa es otra historia de la que también salió bien librado.

La bicicleta le ha dado el poder de llegar adonde quiera de una manera más rápida y eficaz, es un pasaporte franco a la independencia y la libertad. Tener una biblioteca y una bicicleta lo convierte en uno de los aventureros más apasionados que conozco.

Tuve que hablar con el director de la escuela para que le permitieran guardarla en una bodega (y pagar una cuota «simbólica» de estacionamiento) mientras está en clases. Y como no queda demasiado lejos, y las calles son bastante seguras, yo estoy tranquilo y él es feliz.

Hace unos días llegó a casa con un ojo morado.

Y por más sutiles o rudos interrogatorios que intenté para que me contara qué le había pasado, no logré sacar una palabra de su boca.

Me queda claro que ese tipo de cosas tienen que ver con el honor. Dos chicos se miran mal uno a otro, se hacen de palabras, uno de los dos sale con un ojo morado. Y nadie hablará sobre el tema, por lo menos con padres o maestros; es una suerte de «ley del silencio» a la siciliana.

Pero no dejo de preocuparme, sobre todo desde que empiezo a escuchar tanto acerca del *bullying*, esa maldición de nuestro tiempo donde la humillación de los fuertes a los débiles se ha puesto de moda, y el miedo, la desintegración social y las complicidades mal entendidas pueden llevar incluso hasta la muerte o a problemas psicológicos muy graves que dejan marcas para siempre.

Sebastián, como no me canso de repetir, es muy sensible; y además es lector, y eso no está bien visto por algunos a los que les parece que es demasiado «raro». Y no me canso de repetir que «raro» es diferente, y que diferente es bueno. No seamos ovejitas blancas rumbo al matadero.

Insisto una y otra vez para que me cuente de dónde salió el golpe. Pero es imposible.

Hasta que una noche me lo confiesa, cuando ya solo le queda una manchita amarillenta alrededor del ojo.

—Fue una pelea.

—Menos mal. Pensé que alguna distraída pared de repente hubiera ido hacia ti.

—No te burles, Paco. (Cuando se pone serio me llama Paco, nunca *Robinson*, que es lo que pretendo y a lo que se niega rotundamente).

Cambié el tono. Pensé que no estaba para bromas.

—Me queda claro que fue una pelea. ¿Limpia? ¿Contra otro? ¿Contra cuántos?

—Contra uno. Uno grande. —Y sonríe levemente. Y la sonrisa hace que le duela un poco. Se pasa la mano por la cara para quitarle importancia. Como un guerrero. Un guerrero maltrecho.

—Yo hubiera corrido. Siempre es mejor la graciosa huida que hielo en la parte afectada.

—No hubo *chance*. Lo pensé. Pero fue inevitable.

—¿Me quieres contar qué pasó?

Y, sin responder, fue hasta el refrigerador, sacó una jarra de agua de limón, puso dos vasos sobre la mesa y se sentó circunspecto. Iba a ser una historia larga.

Resulta que hay una chica en la escuela…

La misma historia de siempre; esa en que te fijas es aquella que por uno u otro motivos no está en condiciones de fijarse en ti. O porque no le gustas o porque tiene novio o porque

76

piensa en otro o porque no está interesada (que también es un muy válido motivo) o porque prefiere estudiar a tener novio o porque… Hay doscientas mil razones posibles y certeras.

En este penoso caso no parecería ninguna de ellas.

Rosalba se llama la interfecta, de pelo castaño, cola de caballo, lentes. Es una lectora voraz y una de las más aplicadas del salón y tal vez de la escuela entera. Y, sin embargo, le gustan el rock, las fiestas, las películas, las conversaciones sobre la vida y las cosas que en la vida pasan. Lee el periódico todos los días y no es lo que podríamos llamar una «matada», o como dicen en España, una «empollona». Tiene catorce y medio y una sonrisa que sería capaz de derretir el iceberg del *Titanic* con solo esgrimirla unos segundos en medio de la cara.

No tiene novio ni pretendientes, pero Sebastián sabe que él le gusta por medio de una serie de infidencias hechas por sus amigas cercanas, que son las que lo han animado a acercarse a Rosalba e intentar un noviazgo, por lo menos.

Pero… Siempre hay un pero en la vida, si lo sabré yo, que he vivido con los peros en la cabeza y en las manos desde tiempos prehistóricos.

Tiene un hermano.

Un hermano que más bien parecería una bestia salida de un cuento de terror.

Ramiro. Un metro noventa de puro músculo y unos celos incluso más altos, más poderosos y más salvajes que su propia inmensa dimensión. Jugador de básquet de 17 años y permanente sospechoso de andar metido en trifulcas y peleas que se desarrollan a la menor provocación. También tiene acné juvenil que no se le quita con nada y aparentemente ojos en la nuca. Y eso me lo dijo *Viernes* al borde del llanto.

Ramiro jugaba básquet muy despreocupado, y mi sobrino, que es cuidadoso y, sin embargo, aventurado, se acercó a Rosalba en el patio tan solo a charlar, de libros, parece.

No acababa de citar a dos de sus autores preferidos cuando la cara de Rosalba, que hasta entonces estaba muy animada charlando y sonriendo con esa sonrisa única, cambió de pronto.

—Se puso blanca, como la nieve —me dijo Sebastián haciendo una pausa para beber agua de limón.

Ramiro soltó el balón en plena jugada ante el desconcierto de sus fanáticos, de sus detractores y de sus múltiples víctimas. Y se acercó decidido, como si fuese una montaña con pies, hasta los dos jóvenes.

Dice *Viernes*, que a veces exagera un poco, que los pasos de la bestia podían oírse a cientos de metros, y que las bancas se movían a su ritmo, y que las paredes estaban a punto de desmoronarse.

Y se plantó, tapando el sol, frente a ellos, jadeando como un animal herido.

—¿Qué traes con mi hermana, güey? —dijo la mole.

Y Sebastián, haciendo la seña universal de la paz (las dos manos abiertas a la altura de las caderas), se levantó, tan solo para que sus ojos quedaran a la altura del esternón del personaje.

—Nada. Estábamos charlando —respondió muy amigablemente.

—Nadie «charla» con Rosalba sin mi permiso —dice que dijo.

—Eso tendrá que decidirlo Rosalba —replicó el sobrino, resuelto y serio, en plan caballero andante, uno pequeño y desarmado, habrá que aclarar.

Lo siguiente fue el puñetazo en el ojo. Sin previo aviso. Un martillo de Thor, una avalancha, un crujir de palmeras en medio de la selva. Después, la oscuridad.

A estas alturas yo estaba francamente indignado con la narración. El otro era mayor, de tamaño y edad, lo hizo por sorpresa, con clara alevosía y ventaja, cobardemente. Dije que iría a la escuela a hablar con el director o con el energúmeno o con sus padres o con el presidente de la república.

Sebastián se echó a reír.

—El presidente no te va a recibir por un puñetazo en el ojo —dijo sabia y juiciosamente. Y era cierto, las colas para ver al presidente por asuntos mucho más graves e importantes eran enormes, y por lo visto de todas maneras no recibía a nadie…

—Pues esto no se puede quedar así. —Y di un puñetazo (menos violento que el que él recibió) sobre la mesa.

—No, no se va a quedar así, ya se me está quitando lo amarillento, y el dolor —respondió *Viernes*, demostrándome que en cuestiones de lavar manchas de honor es mucho más precavido e inteligente que yo, lo cual, a mi edad, debería apenarme enormemente.

—Hay que darle donde más le duela —dije entonces, guiñándole un ojo.

—Por fin te comportas como adulto. —Y el cabroncete de *Viernes* sonrió.

Así que fraguamos un plan desde la templanza y el raciocinio. Utilizando la imaginación y un teléfono.

Y hablé con la mamá de Rosalba e invité a la familia entera a comer.

Plan con maña, que le dicen.

Porque el día de la invitación coincidía con el partido final del interescolar de basquetbol, en el cual el equipo del monstruito jugaría. Por lo tanto, sería imposible que su delicada presencia honrara nuestra mesa. El papá trabajaba muy lejos, y entre semana le resultaba difícil (confieso que por teléfono me cayó bien, no entiendo cómo pudieron criar a esa bestia). Así que solo faltaría deshacernos de la madre, pero fue imposible.

Nuestra única esperanza era que no fuera también una celosa profesional y acabara yo con un ojo morado por andarle haciendo al moderno cupido entrometido.

Fue el siguiente jueves. Sebastián ya tenía el ojo bien. La excusa que puse para la invitación fue que éramos vecinos y nuestros hijos iban juntos al colegio. Y cayeron, como unos verdaderos ingenuos.

Hice gazpacho andaluz y le puse, para endiosar nuestra isla tropical que era el hogar, unos flotantes trozos de mango que le quitaron la acidez y le dieron un regustín espectacular.

Y luego, un pescado al horno relleno de camarones.

De postre, tiramisú.

No había posibilidad alguna de que no cayeran en nuestro embrujo. Si a eso se le suma nuestra chispeante conversación, nuestro refinado gusto musical y nuestro talante aventurero y gentil, iba a ser, como decía mi abuela, «coser y cantar».

—¿Cómo voy a hablar con Rosalba con su mamá enfrente? ¡Qué oso!

—¿Por qué los jóvenes hablan tanto del famoso oso? Ya nos ingeniaremos. Para eso sirve la poesía. Para decirle a Rosalba lo que se te antoje sin que parezca que dices lo que estás diciendo.

—¡Te volviste loco de remate! ¿Quieres que en el postre me ponga a leer poesía? ¿Como un cursi viejito del siglo XIX? ¡Se van a quedar dormidas en la mesa!

—Lo que hay que saber es escoger la poesía. Y no, no quiero que leas, quiero que se la digas de memoria —dije resueltamente, imponiendo mi consabida autoridad.

—¡Eso no va a suceder! ¡No en esta vida! —replicó el insolente muchachito que de estas cosas no tiene ni idea.

—Hagamos una cosa. Tú lo intentas, y si no funciona me convierto en tu esclavo personal durante seis meses.

—¿Esclavo, esclavo?

—Afirmativo.

—Yo digo, abanícame Paco, ¿y tú lo harías?

—Solo seis meses, y no se valen cosas humillantes como limpiarte la cola, por ejemplo.

—¡Qué asco! Jamás dejaría que me limpiaras la cola.

—Bueno, ¿es un trato?

—Mmmm. ¿Y si funciona?

—Habrás ganado la atención de Rosalba, la admiración de su mamá y yo podré estar contento con la adquisición de un discípulo.

—Un discípulo, no un esclavo.

—Correcto. Me conformo con eso.

Escupió en su mano y me la tendió.

—Eso es casi tan asqueroso como lo de la cola…

—Así hacemos los jóvenes —respondió sin dejar de tener la mano tendida al aire.

Escupí, pues, la propia, y la choqué sonoramente con la suya. Era un pacto de saliva, no de sangre, pero supongo que funciona igual.

Le di el libro. De Jaime Sabines *Los amorosos y otros poemas, poesía amorosa reunida,* en mi ejemplar de 1997.

—¿Cuál será?

—El que está en el título, «Los amorosos».

Y desapareció con el libro bajo el brazo rumbo a su habitación.

Una hora después volvió a la sala donde escuchaba yo, muy feliz, a Janis Joplin, *la Bruja Cósmica.*

Se plantó frente a mí.

—¡Es larguísimo! Quiero romper el trato.

—No es largo en lo absoluto, y romper el trato es imposible, nuestras salivas se han reunido para siempre —no le dije que ya me había lavado las manos un par de veces—, fue un pacto de honor. Aparte de largo, ¿te gustó?

—Me encantó. Pero no me lo voy a poder aprender.

—Empieza, léelo varias veces, repite conmigo:

Los amorosos callan.
El amor es el silencio más fino,
el más tembloroso, el más insoportable.

Los amorosos buscan,
los amorosos son los que abandonan,
son los que cambian, los que olvidan.

Tres días después se lo sabía de memoria.

Sabines es tal vez el poeta mexicano del siglo XX más sonoro, más dúctil, más aprehensible, más «pegador». Generaciones de muchachos se han hecho novios al amparo de sus versos, los han usado como una especie de manta milagrosa para cubrirlos en días aciagos y terribles.

Sebastián iba por la casa repitiéndolo, haciéndolo suyo, interpretándolo, usando las palabras del poeta como si fueran propias, llenando la casa con el asombro que provoca la poesía cuando se dice bien y en voz alta.

El día anterior a la cita lo leía mejor que el propio Sabines, y mira que Sabines era de esos poetas que leía bien en voz alta, como un verdadero jefe.

La mamá de Rosalba se llamaba igual que la hija. Un encanto de mujer. En cuanto entró a la casa se deshizo en disculpas por la barbarie de su hijo.

—Rosalbita me lo contó. ¡Qué barbaridad! Estamos apenadísimos. En nuestra casa no permitimos la violencia de ninguna manera. Debió haber salido Ramiro a la familia de su padre. No sabe cuánto lo sentimos, le va a pedir él personalmente una disculpa a Sebastián, de corazón. Está castigado. No lo dejamos ir hoy a su partido final para que aprenda que no puede hacer esas cosas sin consecuencias. No es mal chico. Solo un poco «bruto», de verdad, perdonen el acto canalla que realizó, es que…

Y nosotros tan solo la mirábamos e intercalábamos algunos silencios. El discurso duró unos diez minutos. Nos puso en las manos un postre «hecho en casa», «una vieja receta familiar», y siguió contando de dónde venía y quién era. Y lo decentes que eran todos. La mujer, a pesar de que hablaba sin respirar, era encantadora, vieja estudiante de letras en la Universidad; la hija había heredado su gusto por la lectura (allí, yo le guiñé un ojo a *Viernes* que la miraba anonadado, sin despegar los labios).

La comida fue un éxito rotundo.

Se habló de literatura, de música, de cine, de la ciudad y sus demonios, de cómo cambiar a un país que se nos cae todos los días de las manos, de los atardeceres, y por supuesto de poesía...

Estábamos a punto de atacar nuestro tiramisú especial, ya habían alabado, madre e hija, el gazpacho y el pescado hasta el aburrimiento. Era el momento de atacar.

—¿Te gusta Sabines? —le pregunté a Rosalba mamá.

—¡Lo amo! Es sin duda...

La interrumpí suavemente con una mano; milagrosamente se quedó callada.

—Sebastián se sabe «Los amorosos» de memoria.

—¡No lo puedo creer! Yo también. Es mi poema preferido de Sabines. Y Rosalbita —insistía en el feroz diminutivo para la guapa hija que no merecía el apodo— también.

La operación se estaba yendo de las manos. Era en ese instante o nunca. Ya me veía a mí mismo, con sábana puesta como toga, abanicando al desgraciado durante seis largos meses.

Y *Viernes*, como un verdadero profesional, tocó con el cuchillo dos veces en el vaso, ceremoniosamente, exigiendo sutilmente silencio…

A Rosalba mamá y Rosalba hija, al terminar el poema, se les escurrían las lágrimas.

Aplaudieron como si estuvieran en La Scala de Milán.

Por suerte, a la dama se le olvidó su propio postre y se comió casi todo el nuestro. El suyo era una crema de mamey horrenda que podría haber provocado en nosotros una diabetes instantánea y que terminó en el fregadero al día siguiente.

Rosalba hija miraba a *Viernes* como a un héroe. Incluso movía, detrás de sus lentes, las pestañas como un par de mariposas fugitivas.

Había sido flechada…

A los tres días los muchachos se hicieron novios. Y hasta donde sé fueron muy felices el tiempo que duró.

Ahora todos odian a Sebastián en la escuela porque Ramiro, el mejor de los basquetbolistas, no jugó el día del campeonato y perdieron apabullantemente. Pero a él eso lo tiene sin cuidado. Ramiro incluso le pidió perdón, y Rosalba no separa su mano de la mano de mi sobrino.

Triunfó el amor, como siempre. Como debe ser.

Un día, al colgar el teléfono, después de una de esas interminables conversaciones nocturnas que tienen los enamorados y en las que no se dice nada mientras se dice todo, Sebastián llegó hasta mi habitación.

Se sentó a mi lado en la cama y poniendo las manos sobre las rodillas me dijo una palabra que para mí, sonó a gloria.

—Maestro.

Estuve a punto de pedirle que me abanicara, pero no quise tentar al destino.

Me escupí en la mano y se la puse enfrente.

LUTO

Uno de los amigos de Sebastián ha muerto.

Pequeño, peludo, eléctrico, Willy (así lo llamaban) cruzó la calle sin mirar donde debía mirar. Un accidente estúpido como son todos los accidentes del mundo.

Mi sobrino me pidió que le comprara una camisa negra, lo que hice sin chistar.

Es la primera noche que pasa solo fuera de casa desde que llegó a mi vida.

Estuvo sentado en un velatorio, frente al ataúd de su amigo.

A la una de la mañana la familia decidió cerrar la capilla. Y él tan solo se cambió de lugar, a un sillón en la puerta del lugar, que volvieron a abrir a las siete de la mañana.

Puso una flor encima del ataúd de su compañero y luego me llamó por teléfono.

Fui por él.

—Duele —dijo.

Y yo asentí con la cabeza. Decir cualquier cosa hubiera sido una estupidez, fuera de lugar.

No quise volver a advertirle, como cuando se murieron sus padres, que no sería la última muerte que le tocaría. Todos tenemos que vivir esos trances varias veces.

La gente se muere.

Yo me moriré algún día.

Pero no quiero velorio de ninguna clase. Que mis cenizas sean esparcidas al viento. Ya lo puse en el testamento que redacté desde que llegó a mi vida el sobrino.

Es un ser íntegro. Sé que seguirá al pie de la letra las instrucciones que dejo.

Hoy estoy melodramático.

No me acostumbro a que se vayan del mundo esos que no han tenido la fortuna de ver a plenitud lo maravilloso que es.

Sebastián está dormido en su habitación. El cariño que se tiene a los amigos también se llama amor, aunque muchos no se atrevan a llamarlo con ese nombre.

Velo su sueño. Estoy aquí con mi espada en ristre para evitar que entren en nuestro castillo los demonios.

Soy un caballero cansado.

BATALLAS

—Tío, ¿por qué no tenemos chimenea?

Me agarró completamente fuera de lugar haciendo la cama. Intentando que el pliegue de la sábana quedara como en *Lo que el viento se llevó*, sin éxito. No tuve, sin embargo, que pensarlo demasiado, contesté a botepronto como maestro de tenis profesional.

—Porque no vivimos en Finlandia.

Me tiró una almohada a la cabeza.

Le tiré una almohada yo.

Y comenzó así la más épica de las batallas de almohadazos de la historia mexicana; comenzamos en mi habitación y terminamos en la calle, siguiendo las reglas no escritas de la caballerosidad guerrera que se conocen desde tiempos inmemoriales, bueno, desde tiempos en los que las almohadas fueron descubiertas como instrumentos de beligerancia. Esto quiere decir, el famoso toma y daca. Golpea uno por vez y espera el golpe del contrario. En algún momento perdí los lentes en la escalera, pero en estas solemnes ocasiones no se pide cuartel, la guerra es hasta que uno de los dos pide tregua y esta se concede gentilmente. O, en su defecto, como en los viejos combates de esgrima, se detenía a la «primera sangre», aunque nunca habíamos llegado tan lejos, entre otras cosas para evitar ser acusado de abuso infantil en una sociedad que no entiende una palabra de estas lides heroicas. Aunque ya tenga quince años y sea de mi estatura. E incluso esté a punto de tener una barba más cerrada que la mía.

La señora de la tienda, una muy mona viejecita, intentó intervenir, pero al notar lo intenso de la refriega se conformó con alentar a Sebastián desde detrás de su mostrador.

—¡Dale en el estómago! ¡Desbalancéalo! ¡Pégale por la espalda! —gritaba animadísima la alevosa mujer, y Sebastián, como boxeador filipino en un combate por el título mundial, seguía las instrucciones de su mánager como si le fuera la vida en ello.

—¡Doña Espe, no se meta, por favor! —grité en algún momento en que el almohadazo me pegó directamente en la nariz.

El buen combatiente almohadero (palabra que acabo de inventar y que tal vez patente) sabe que el otro tiene tres segundos para responder el golpe, y que si no lo hace está en su derecho de asestar otro con toda vehemencia.

Y eso pasó. Por distraerme reclamándole a la vieja mánager recibí el segundo, en el mismo sitio, mi enorme nariz.

Y caí al suelo.

Y sangré, por supuesto.

Sebastián se puso blanco, como eran las almohadas antes de comenzar la pelea, ahora grises de mugre y polvo. Soltó su arma y se arrodilló a mi lado.

—¿Estás bien? ¿Te duele?

En ese momento noté la mancha roja en mi camisa, a la altura del pecho.

—Me duele mucho más el orgullo. Ser derrotado por un preadolescente de quince años es una deshonra para mi escudo, mi linaje y mi familia.

—Estás sangrando —dijo poniendo un dedo índice tembloroso en mi pecho.

—Nada grave. Yo tengo la culpa.

Llegó corriendo (que es un decir porque tiene 93 años) doña Espe, con un algodón empapado en alcohol y me lo plantó bajo las fosas nasales.

—¡Qué barbaridad, don Paco! *Juegos de manos son de villanos.* Se lo he dicho muchas veces. Es una vergüenza, que usted, a su edad…

Y yo, inmóvil en el suelo, con la viejita poniendo su rodilla sobre mi pecho, Sebastián muerto del susto y una pandilla de mirones que comenzaron a juntarse alrededor nuestro, tan solo buscaba con la vista mi almohada para no perderla, pero sobre todo para ponérsela en la boca a la buena señora a ver si se callaba de una puñetera vez.

Me incorporé. Di las gracias a la pequeña multitud de vecinos allí congregada y con los ojos le hice una seña a *Viernes*. La seña universal de «estoy bien» y que también significaba, si uno sabe leer señas de tíos, que era el momento de emprender la graciosa huida.

En las escaleras encontré los anteojos. Bueno, la mitad de los anteojos. Les faltaba un lente, el derecho, del ojo con el que peor veo. Nunca pudimos encontrarlo.

Ya en la seguridad de nuestro castillo velamos nuestras armas. Pero antes les quitamos las fundas y las echamos a la lavadora. Nadie habría podido dormir en esos amasijos de suciedad en los que se habían convertido.

Me serví una copa de vino y le puse agua con hielo en un vaso a mi contrincante favorito.

Nos despatarramos en el sillón de la sala.

Y nos pusimos a reír como locos. Como dos auténticos orates que hubieran escapado de un sanatorio mental, sabiendo que nadie podría encontrarlos nunca. Libres y felices.

—Me asusté —confesó mi sobrino.

—Es una tontería. El verdadero problema es que no tengo lentes. Y no puedo cocinar. Te toca.

—¡Me toca! ¡Pero si gané! —reclamó agriamente.

—La otra opción es arriesgarte y ver qué cochinada sale.

Lo pensó unos instantes.

—Cocino yo —dijo resignado, pero en el fondo feliz de poder trasegar en ese territorio al que considera un laboratorio alquímico.

Y se puso a cortar cebollas.

—A todo esto, joven gastrónomo, ¿a qué se debía la pregunta de la chimenea que originó todo este desaguisado? ¿Esperas a Santa Claus?

—Qué chistoso. No espero a Santa Claus ni a nadie. Pero me pareció que leer a la luz de las llamas podría ser, no sé...

Y le quité la palabra de la boca.

—¿Romántico? —dije, haciendo una caravana.

—Aventurero, fue lo que pensé y que no me dejaste decir.

—Hacer una chimenea costaría un dineral y no hace el frío suficiente en esta ciudad para tal gasto; además, está el tema de la contaminación, ¿no llevan «ecología» en esa escuela a la que vas?

—¡Olvida la chimenea! ¿Le pongo chícharos al estofado?

—Ya la olvidé. *Son tus monos, es tu circo.* Ponle lo que quieras.

La idea de la penumbra iluminada por fuego no solo no era descabellada sino tentadora. Y yo, que caigo todos los días en la tentación, empecé a pensar en las inmensas variantes y satisfacciones que cabían en la propuesta de *Viernes*.

Al estofado le faltó sal. Una tonelada por lo menos. Pero no se lo dije. Hizo un esfuerzo encomiable y comible, y a fin de cuentas eso que nos llevamos a la boca, si está hecho con dedicación, solidaridad y cariño es, con sal o sin sal, el mejor de los manjares del universo entero.

A la noche siguiente, después de que Sebastián regresó de casa de una amiga de hacer la tarea, le tenía preparada una sorpresa; a veces creo que le doy demasiadas sorpresas y la vida del pobre muchacho va de sobresalto en sobresalto; algunas salen bien, otras regular y otras de plano no son ni siquiera consignadas en mi lista de sorpresas repetibles de lo malas que resultan, como por ejemplo la vez que se me ocurrió hacer sopa de «restos» justo el día en que fue él quien me dio la sorpresa al llegar a comer con tres adolescentes que olían a feromonas, plástico de balón de futbol y una mezcla de todos los olores del mundo que se acumulan en sus pliegues y en su ropa.

Los «restos» era lo que quedaba en el refrigerador; hasta el día siguiente tocaba compra en el mercado y yo, que vengo de un mundo donde los niños de África morían de hambre, era, soy y sería incapaz de tirar comida a la basura (el mundo no ha cambiado y yo tampoco). Así que canturreando unas estrofas de *Madame Butterfly* (las pocas que conozco pero que me encantan) comencé a poner en el perol lo que buenamente iba saliendo de la «casa del Yeti» (el enorme y cuadrado refrigerador que algún día habría que cambiar porque suena y chirría y se mueve de vez en cuando de lugar por sí mismo, de allí su nombre); un puerro, un hueso de jamón serrano, dos alcachofas un poquitín pasadas, un ajo, y un cuarto de kilo de chícharos en vaina.

Hasta allí todo iba regularmente bien, son todos alimentos susceptibles de ser combinados sin generar una catástrofe.

La catástrofe vino después.

Cuando encontré al fondo de la casa del señor Yeti un plato con sobras de sardinas de lata y unas aceitunas.

«¡Proteína!», pensé. Y por no pensarlo dos veces cantando el aria *Un bel di vedremo*, puse, fuera de mis cabales, las sardinas en el potaje.

Si mi madre me hubiera visto, lo más probable es que me habría retirado el apellido, pero llevaba muchos años en la tumba, y acostumbrada a mis locuras simplemente habría abandonado la cocina haciendo una mueca.

Era asqueroso; puse un poco en un platito y se lo di al gato del vecino, que lo miró con desdén y se marchó contoneándose.

Pero *Viernes* y sus contertulios sí se lo comieron. Un adolescente después de un partido de futbol es capaz de comerse, como Chaplin en *La quimera del oro,* un zapato hervido apropiadamente.

Yo argumenté un súbito dolor de estómago. Y salí a la fonda de la esquina a comer decentemente y muy barato.

Cuando los chicos se fueron, miré hacia la cocina y la olla estaba vacía; lo sentí por ellos.

—¿De verdad les gustó? —pregunté al sobrino que comenzaba a hacer la tarea.

—Raro, pero bueno —fueron sus crípticas palabras.

Preferí no abundar sobre el tema. Pero nunca jamás volveré a poner sardinas en un potaje.

Retomo el tema de la sorpresa (hay método en mi locura aunque no lo parezca).

Llené la casa de velas, las encendí y bajé el interruptor de la electricidad.

En cuanto Sebastián entró por la puerta, su cara de asombro iluminada por decenas de velas era digna de ser fotografiada, pero prefiero la memoria a la fotografía porque me permite recordar detalles que no están en el cuadro y que huelen, saben, se sienten en el aire y en las sienes.

—¡Guau! —dijo.

—Supongo que en idioma *perro* eso quiere decir algo como ¡maravilloso! ¿Verdad?

—¡Guau, maravilloso! —dijo el maldito, al que no se le iba una.

—Algo muy parecido a esto era el siglo XIX. Preferí velas a los quinqués de aceite de ballena. Por el olorcito, ¿sabes?

—No. No sé. ¿A qué olía el aceite de ballena?

—¡A diablos, a demonios, a monstruo marino! La vela es más discreta. Y estas son de cera de abeja inglesa de la campiña de Sussex, donde se retiró don Sherlock Holmes.

—¿En serio?

—No. Las compré con doña Espe. De las baratas. No creo que duren demasiado. Hay que empezar a leer ahora mismo, mientras la penumbra es propicia y las almas nobles se cobijan al amparo de su suerte.

Me miró fijamente, con un resplandor inmenso en las pupilas, como si en esa habitación llena de velas se encontraran todos los secretos del mundo, listos para ser arrancados de raíz, desmenuzados, entendidos finalmente.

—¿Qué leemos? —pregunté—. Tiene que ser del siglo XIX, pero tú escoges. ¿Aventura, historia, poesía, romance?

—Romance está bien. —Y pone cara de santo. Algo me está ocultando.

—¡Jane Austen! —grito mientras me pongo de pie y empiezo a revolver en la biblioteca—. ¡La gran jefa de las novelas románticas! La que logró cambiar la anquilosada y muy parcial versión de cómo debían ser las mujeres para mostrarnos otras, más valientes y arriesgadas. ¡Y pensantes!

—¿Quién creía que las mujeres no pensaban? ¡Qué estupidez!

—Una gran porción de la humanidad. Las mujeres han tenido que luchar a brazo partido para ser reconocidas como iguales; y eso todavía es un sueño en muchos lugares. En nuestro propio país, por ejemplo, hay violencia contra ellas, familiar, psicológica, sexual, laboral. Estamos en un mundo absurdo donde los hombres todavía creen que son superiores a ellas. Y por supuesto se equivocan. Será porque no han leído a Miss Austen. Será porque no han leído, punto.

—¿Leer te hace ser mejor? —pregunta *Viernes* ingenuamente.

—Leer te hace ver más lejos, te hace ver a los ojos de los otros, como iguales, sean del sexo que sean, la religión que sea, la condición social que tengan. Leer abre tu mente y no permite que se llene de polvosos prejuicios, de malas intenciones, de ideas preconcebidas. Pero lo lamento, no te hace ser mejor a menos que quieras ser mejor. El asesino serial no dejará de serlo si lee *Mujercitas* y el cruel dictador no se volverá un demócrata convencido si cae en sus manos *Sandokán y los tigres de la Malasia*. Pero el poder de decisión está en el lector. Yo me volví una persona distinta a partir de lo que leo. No sé si mejor, pero por lo menos más crítica, más informada, más sensible frente a las cosas que pasan en el mundo.

—Entonces, leer te hace ser mejor.

—Siéntate, *Viernes*, y escucha cómo desde el siglo XIX nos habla Jane Austen, que siempre tiene mucho que decir. Conocerás la historia de Elizabeth Bennet, una educada y guapa joven inglesa que distingue perfectamente entre *Orgullo y prejuicio*, casualmente el nombre de la novela.

El muchacho se arrellanó como un gato en el sillón más cómodo y yo comencé a leer en voz alta, lo mejor que pude, ese texto que ha viajado en el tiempo y hace las delicias de muchos que descubren en él que el amor es una cosa complicada y, sin embargo, absolutamente necesaria para vivir.

—*Es una verdad mundialmente reconocida que un hombre soltero, poseedor de una gran fortuna, necesita una esposa.* —Comencé.

A las once de la noche, Sebastián seguía inmóvil, escuchando atentamente.

Cerré el libro, después de ponerle un separador, y sugerí que nos fuéramos a nuestras camas.

—¡Un rato más! Todavía hay velas… —reclamó Sebastián.

—Es que mañana tenemos escuela.

—En la novela nadie va a la escuela.

—En la novela son ricos. Los que no lo somos nos tenemos que preparar para el futuro. Y para llegar al futuro hay que estar descansado, y para estar descansado…

Me interrumpió:

—Eso se llama chantaje.

—Eso se llama sueño…

Y fui apagando las velas que quedaban, que no eran pocas. Una por una, a soplidos. *Viernes* se puso a cantar *Las Mañanitas* a voz en cuello. Creo que este muchacho va a ser tan loco como yo. Me siento muy orgulloso y sin un solo prejuicio.

A los pocos días, después de haber terminado con el libro y la dotación de velas de la vecina, habíamos ganado Sebastián y yo unos nuevos ojos para mirar el mundo; unos ojos incluyentes y si cabe más empáticos con las mujeres. Meterse en la piel y el alma de otro (en este caso de otra) es un privilegio que viene de la mano con la literatura y que te permite descubrir las inmensas cantidades de tonos de gris que hay en una vida que aparentemente está allí en blanco y negro.

Creo que *Viernes*, ese muchachito antes asustadizo, es hoy un caballero en el mejor sentido de la palabra, que sabrá estar a la altura de las circunstancias en cualquier relación que entable, y que será capaz, en caso necesario, de sacar la espada para matar al dragón y rescatar a esa que ya no será vista como princesa boba, sino como un igual, un par, la mitad que nos merecemos en el mundo.

Estoy preparando mi almohada para una nueva batalla. Voy a aprovechar que está distraído.

Dejo, junto con el cuaderno, los lentes encima de mi mesa.

Esta vez vengaré la última afrenta…

CARTAS

Tal vez el mejor momento de la semana sea ese que sucede el sábado a las siete de la mañana. Cuando despiertas sobresaltado pensando que ya es tarde, y al mirar el reloj te das cuenta de que puedes seguir durmiendo plácidamente entre tus tibias sábanas un rato más. El mundo en ese momento se transforma en un lugar justo y misericordioso, pones la cabeza sobre la almohada y dejas que el sueño te invada como un mar tibio y envolvente.

Claro, solo sucede cuando no escuchas un llanto quedo pero sostenido al otro lado de la puerta. Un llanto de esos llenos de pena. Me levanté y seguí a mi oído buscando la fuente de la desolación.

Sebastián estaba en la mesa del comedor con una caja azul abierta frente a él y un montón de cartas esparcidas sobre la pulida madera de pino.

—¿Dónde las encontraste? —pregunté poniendo mi mano sobre su hombro.

Sorbiéndose los mocos, quitándose las lágrimas de la cara con el antebrazo, volteó su cara hacia mi cara.

—En el armario de las sábanas. Buscaba una toalla.

La caja tenía su nombre puesto con pluma fuente en la tapa. Yo lo había escrito hacía mucho tiempo. Eran las cartas de amor que durante su noviazgo y su relativamente corta vida se habían escrito sus padres entre sí. Las cartas eran de Sebastián. Yo pensaba que era demasiado pronto para que las leyera. Habían pasado tres años desde que murieran. Pero la vida decide a veces cuándo pasan las cosas, y uno no es nadie para impedirlo.

—Son de tus padres. Pero ya te diste cuenta.

—Sí.

—¿Y lloras porque son muy tristes?

—No, no son tristes. Todo lo contrario. Son preciosas. ¿Se amaban, verdad?

—Sí. Como locos.

Lloraba no por su contenido, sino porque sabía que ya no podrían escribirse nunca más y decirse todo lo que sentían el uno por el otro. A los quince años tienes nociones sobre lo maravilloso que puede ser el mundo, y certezas implacables de lo terriblemente que a veces nos trata.

Comenzó a guardarlas en sus sobres y a acomodarlas dentro de la caja.

—¿Las guardo donde estaban? —preguntó con la caja entre las manos.

—Son tuyas. Puedes hacer con ellas lo que quieras.

—En mi cuarto. Sobre la mesa donde hago la tarea. Para poder tenerlas cerca siempre.

Recordé, al ver su cara de resolución y cómo apretaba la caja contra su regazo, a ese «capitán de quince años» que contaba Verne, y todo lo que había tenido que hacer para transformarse en un hombre.

Llevábamos apenas tres años viviendo juntos y yo ya sentía que era toda una vida. Habían sucedido tantas cosas que íbamos de emoción en emoción, de sorpresa en sorpresa, de sobresalto en sobresalto. Yo no sabía cómo educarlo según los cánones tradicionales, y constantemente recibía sugerencias de mi hermana Pili, de los maestros de la escuela, de las mamás de sus condiscípulos y hasta de los vecinos. Escuchaba amablemente todas esas fórmulas y sistemas infalibles, y las iba desechando una por una, confiando en el sentido común y en el amor. Nadie se daba cuenta de que *Viernes* me estaba educando a mí y que diariamente me daba lecciones magistrales. No tengo cómo agradecer que me haya cambiado la vida.

¿Qué tiene de malo ponerte dos calcetines diferentes? Eso te hace distinto, único, desigual.

¿Dónde está escrito que hay que bañarte por las mañanas y no por las tardes, cuando llegas verdaderamente sucio de la escuela?

¿Por qué no puede ver un adolescente películas que son supuestamente para adultos?

Esas y otras muchas preguntas surgían todos los días y entre los dos, a nuestro modo, las íbamos respondiendo, a veces bien y a veces desastrosamente. Pero la magia que se encierra en el método científico de prueba-error da siempre resultados precisos y excelentes. Si metes la pata no vuelves a intentarlo. Me hice un café. Eso me sale siempre bien.

Regresó de su habitación vestido y peinado, como para ir a una boda.

—¡Muchacho! Son las ocho de la mañana. ¿Adónde vas tan peripuesto?

—Si peripuesto es limpio, que lo supongo, no voy a ningún lado, vamos juntos…

—Yo no puedo estar peripuesto a estas maléficas horas y en pijama. ¿Adónde crees que vamos?

—Al mercado. Hoy tenemos invitados a comer —dijo con esa carita de inocente que pone a veces cuando está maquinando algo.

—¿Y quiénes vienen, si se puede saber?

—Pili, tu primo Pepe y su esposa, y una amiga mía. Y tú y yo, por supuesto.

—¿El motivo del convite?

Dudó una fracción de segundo, pero pasándose la mano por el pelo recobró rápidamente la galanura.

—Celebramos que terminé la secundaria.

No tenía la menor idea de lo que hablaba. Yo firmaba sus calificaciones sin verlas. Siempre fue un estudiante bueno o regular, dependiendo de la asignatura, el maestro y el clima, pero pasaba todas las materias sin problema. Leía en casa mucho más de lo que podría haber aprendido en un millón de escuelas. Se estaba haciendo mayor. Un anciano que invitaba a la gente a comer y no se iba de fiesta con los amigos, que es lo que los demás habrían hecho. Pero Sebastián no era como los demás, ni yo tampoco.

Lo abracé, felicitándolo. Prometiéndole un regalo para ese paso tan importante en la vida que es llegar a la preparatoria, la antesala de la universidad. ¡Nos estábamos poniendo muy mayores!

—No necesito nada —dijo—. Pero si se puede escoger la comida, yo escojo.

Recordé aquel calambur satírico que se le atribuye a Francisco de Quevedo en el cual, por una apuesta, le dijeron que sería incapaz de burlarse de Mariana de Austria, la reina, en su cara. Ella caminaba un poco mal; hacer esa bromita hoy sería inadmisible, y de muy mal gusto, pero Quevedo era Quevedo y ganó la apuesta cuando dicen que le dijo: «Entre el clavel blanco y la rosa roja, su majestad escoja».

—Escojo en el mercado. Lleva dinero suficiente, quiero mole.

Y el que perdió fui yo.

Y no pude bañarme largamente como me gusta los sábados, sino más bien corriendo. Una comida para seis es cosa seria, sobre todo para los que nos tomamos en serio la comida. La preparación, con enorme gusto, lleva por lo menos cuatro o cinco horas.

Así que repeinados y revestidos nos fuimos a uno de los mejores mercados del mundo, el de San Juan, donde por suceder, sucede lo imposible.

Y fui, puesto por puesto, buscando los ingredientes necesarios para fabricar un mole poblano, tal vez uno de los platos más barrocos, complejos y deliciosos del mundo. Chiles mulatos, pasillas, anchos, todos ellos secos, cacahuate, chocolate, manteca de cerdo, ajo, cebolla, tortillas, ajonjolí, canela, jitomates y un guajolote (o pavo, si prefieren llamarlo así), entre otros dos o tres secretos que jamás pondré en ninguna parte por escrito. También compramos fruta y arroz. Guanábanas para hacer agua y mangos para el postre, con crema de rancho y bañados con una salsa de zarzamoras frescas.

En uno de los puestos, donde vendían plantas, un hombre muy mayor, sentado en un banquito, leía una novela. Y mientras leía, rodeado de pequeñas palmeras tropicales, jacarandas, bugambilias en flor y un montón de otras verdes, explosivas y fragantes especies que se dan en nuestro suelo, suspiraba, hondo y profundo, cada vez que cambiaba la página.

Sebastián lo vio, me dio un codazo. Se acercó a mi oído.

—Parece que está enamorado el señor. Lo entiendo. Pero ya está muy viejito.

—¿Y los viejitos no nos podemos enamorar?

—¡Claro que sí! —Y diciéndolo me guiñó un ojo como nunca lo había hecho, como si entre los dos hubiera un secreto.

Trajinamos toda la mañana con el mole. Lo hicimos tradicionalmente; esto quiere decir que molimos (de allí la palabra que lo nombra) los ingredientes en un molcajete de piedra, con esmero y pasión, como lo hacen las cocineras tradicionales. El mole surgió en el siglo XVII en un convento en Puebla, y una monja fue su inventora. Aparentemente lo creó, en un rato largo de ocio, mezclando cosas que nadie jamás se hubiese atrevido a mezclar, para honrar a un obispo. Y es espectacular. No tuvimos visita de obispo, pero nuestros invitados se lo merecen sin lugar a dudas; la comida es una de esas partes de la cultura que vale la pena compartir.

A las dos llegó Pili, que después de besarnos veinte mil veces recorrió la casa pasando un dedo por los muebles, revisando las sábanas y hasta los botes de basura, como si fuera un inspector del Ministerio de Limpieza Profunda. Y al final sonrió complacida, y *Viernes* y yo suspiramos aliviados; una inspección de mi hermana puede acarrear más regaños y caras largas que un motín en una cárcel.

Y luego se sentó y se bebió un tequila.

—¿Ya no eres vegetariana y antialcohólica? —le preguntó Sebastián.

—Lo dejé un tiempo por recomendación de mi nutrióloga.

Al poco, sonó el timbre y entraron dando abrazos y regalos mi primo Pepe y Lidia, su esposa, un par de seres encantadores que son investigadores de la flora y fauna del Caribe y que pocas veces vienen hasta la ciudad, pero que cuando vienen nos llenan de anécdotas maravillosas sobre ese mundo en el que viven y que para nosotros es bastante ajeno.

En minutos estábamos todos en la sala charlando animadamente sobre playas y paraísos, comiendo chalupitas, quesadillas, trozos de jamón.

—¿Y tu amiga? —le pregunté a Sebastián, que mirando la hora en su reloj de pulsera hizo un gesto de «no tarda».

Pepe y Lidia invitaron a *Viernes* a visitarlos al Caribe en las vacaciones, y a mí me pareció una idea estupenda. Podríamos descansar un poco uno del otro, y él conocería de primera mano la jungla y las playas de arenas blancas y aguas cristalinas.

Al rato, un par de tímidos toques sobre la madera de la puerta se hicieron sentir. Fui a abrir esperando encontrarme a una jovencita, y lo que me encontré de golpe y porrazo fue a la maestra de geografía de mi sobrino. Guapísima, enfundada en un vestido rojo y vaporoso, y con un ramo de alcatraces en las manos. Una visión.

Pili sonreía como sonríen las modelos de los comerciales de televisión de pasta de dientes y los primos se movieron en el sillón para hacerle un espacio, y por supuesto, con la candidez y la imprudencia que la caracteriza, se fue a sentar en medio de los dos.

Sebastián fue hasta la puerta a recoger el ramo y quitarme de en medio, porque la verdad me quedé tan paralizado como un conejo frente a una boa constrictor.

La instalamos en la sala, entre amigos, le servimos una copa de vino y yo me llevé al sobrino disimuladamente hacia la cocina.

—¿Me puedes explicar qué sucede?

—Se llama Mónica, tiene cuarenta años, es divorciada, muy inteligente, buena lectora, muy guapa, como se nota a primera vista. A ver si te aplicas...

Y me dejó allí, frente a una olla de barro humeante de mole poblano y sin saber qué hacer o decir por primera vez en mi vida.

El interfecto había organizado una cita a ciegas para su viejo tío, en complicidad con Pili y los primos caribeños.

¡Como si yo no pudiera por mí mismo establecer una relación con una mujer!

¡Como si fuera un adolescente al que los amigos empujan en medio de la pista de baile hacia la chica de sus sueños!

Estaba indignado, y simultáneamente (lo confieso aquí) encantado con la sola imagen de Mónica. Dicen que el amor a primera vista no existe, pero existe. La había visto de lejos alguna vez en la escuela, pero siempre pensé que era la madre de algún compañerito, no una maestra.

No sé cuánto tiempo estuve en la cocina. Entró Pili con cara de pocos amigos.

—¿Jugando a las estatuas de marfil? —dijo sarcástica.

—No, yo, este, me, me, me…

—¡Ahhh, a los tartamudos! ¡Sal ahora mismo y compórtate como un caballero y no como un idiota!

Y salí como un perro con la cola entre las patas, con mi vaso de agua de guanábana, la coartada perfecta según yo para justificar mi ausencia. Un perfecto bruto.

Me senté frente a ella. Y en cuanto me senté señaló mi vaso.

—¿De qué es, don Francisco?

—Paco. Soy Paco, por favor. De guanábana.

—Prefiero agua de fruta a vino. ¿Me sirves una?

¡Estaba coqueteando conmigo!

Dentro de mi cabeza había un remolino. Yo me la paso dando consejos a *Viernes* sobre el trato a las mujeres, las maneras de acercarse a ellas y hablarles, el arte de la cortesía y la seducción. Y me volví frente a Mónica una piedra sin gracia que alguien arrojó en mitad de la carretera.

Sebastián me pateó disimuladamente. Me levanté como un rayo y fui a servirle agua de guanábana.

Cuando regresé estaban hablando de poesía. Mónica era, además de geógrafa, una enamorada de Neruda, de César Vallejo, de Rafael Alberti. Lo mío, lo mío.

Y no sé cómo, como si fuera otro el que hablaba y no yo mismo, salió de mi garganta un trozo de *Hoy me gusta la vida mucho menos...*, de Vallejo.

> *Me gusta la vida enormemente*
> *pero, desde luego,*
> *con mi muerte querida y mi café*
> *y viendo los castaños frondosos de París*
> *y diciendo:*
> *Es un ojo este, aquel; una frente esta, aquella...*
> *Y repitiendo:*
> *¡Tanta vida y jamás me falla la tonada!*
> *¡Tantos años y siempre, siempre, siempre!*

Hubo un breve silencio. Y Mónica comenzó a aplaudir con ganas, como una niña sincera después de un acto de circo.

Y me sonrojé. Como el adolescente que llevo dentro y que es capturado en falta.

Pasamos a comer, y pasamos también una de las tardes de sábado más memorables de las que yo tenga recuerdo. Es Mónica una mujer culta, sensible, rápida de pensamiento y de palabra, guapísima y sin compromiso. El resto de los comensales desaparecieron de mis ojos como por arte de magia. Para ella hice el mole, para ella el postre, para ella los versos que dije varias veces, para ella mis pensamientos.

¡Te estás metiendo en un lío, Paco! Oí la vocecita que de vez en cuando aparece en mi cabeza y que me advierte de los inminentes peligros que tengo frente a mí y que yo, ciego de nacimiento, no puedo ver.

Hacía mucho tiempo que no me pasaba esto que me pasó. Mariposas en el estómago, un velo en la mirada que impide que veas a los lados y que solo permite la visión de frente, el latido sordo de las venas en las sienes, un galopar del corazón desbocado.

Eso que llaman amor y que nadie entiende y que es tan difícil de explicar con palabras a menos que seas un consumado poeta.

Nos encontramos en algún momento, durante los postres, Sebastián y yo en la cocina.

—Deberías hacernos un poco de caso a los demás. No sé si te has dado cuenta, pero somos seis en la mesa —mencionó como de pasada mientras ponía en el fregadero los platos sucios.

Y volví en mí. En el que siempre he sido, para bien o para mal.

—¿Cómo me dijiste que te llamabas, muchacho?

—Edmundo Dantés. No te hagas el chistosito. Solo tienes ojos para mi maestra.

—Tú la invitaste, ¿no? En plan con maña, no porque fuera eso que dijiste, «una amiga». La trajiste para que yo cayera como cayeron los marineros de Jasón a las profundidades del mar oyendo el canto de las sirenas.

—¡No exageres, tío! —Y sé que cuando me llama «tío» es que se está poniendo serio.

—Va. No te enojes. Es que me parece maravillosa.

Y *Viernes* también volvió y cayó en el embrujo de la complicidad que él mismo había creado

—¡Verdad que sí! —dijo genuinamente, como el vendedor de cuadros que ofrece al comprador una pieza única.

—Pero ya hablaremos seriamente sobre esto. Fue una encerrona. Y sin consultarme.

Y salió de la cocina con la fuente de mangos con crema, sonriente y orondo, a depositar su tributo sobre la mesa.

Todos merecemos el amor. Hasta yo mismo, que he dedicado los últimos años a crear un refugio seguro para mi sobrino, demostrándole, en la medida de lo posible, que en el mundo, además de males terribles, injusticias, destrucción, cabe la belleza.

Y fue él quien ahora me dio la lección.

Y trajo la belleza hasta nuestra mesa y nuestra vida.

Salí con Mónica varias veces. Pero esa historia es mía y no la voy a contar. Tuvo que marcharse fuera de la ciudad, y por esas cosas terribles del destino no volvimos a vernos.

Pero puedo decir que es uno de los recuerdos más dulces y buenos de mi vida.

Esa noche, ya solos en casa, Sebastián llegó hasta mí con un libro entre las manos.

—¿Lo conoces? —me dijo.

Y sí, lo conocía.

Un viejo que leía novelas de amor, del chileno Luis Sepúlveda. Una estupenda y conmovedora historia de ese hombre mayor que vive aislado en la cuenca del Amazonas y que lee ávidamente esas historias que no puede vivir en carne propia. Una novela inteligente, clara, brillante, sobre cómo el amor está en todas partes y ataca sin piedad a jovencitos como Sebastián o a viejos como yo.

Me lo puso en las manos.

—¿No querrás ser ese que solo lee las historias de amor, verdad?

—No.

—Quieres ser el que las vive y luego las cuenta para demostrar que es posible.

—Sí.

Me abrazó. Lo abracé. Siempre acaban así estas historias en común.

Un par de viejos que se tienen uno al otro y que se dan sabios consejos mientras leen historias de amor.

En el mundo hay belleza, pero es solamente para el que tiene muy abiertos los ojos y sabe apreciarla.

DESCUBRIMIENTOS

Viernes ha terminado la secundaria con un promedio de 9. Sin esforzarse. Sin ir a todas las clases. Sin poner toda la atención que a los maestros les hubiera gustado. Y yo, sin poner ni un poco de atención a sus calificaciones.

Aprende rápido y bien. Y lee mucho. Hay un libro nuevo sobre su mesita de noche un día sí y otro no. Es un devorador de historias, un ávido recolector de madrugadas de desvelo con el libro temblando de emoción en su mano.

A las muchachas les hacen fiesta de quince años. Es una tradición muy mexicana que implica grandes gastos, peleas y sacrificios. Tiran la casa por la ventana y luego hay que volver a construir lo que se tiró por la ventana. Cientos de familias ven menguado su patrimonio intentando demostrar ser quienes no son y endeudándose a límites insospechados.

A *Viernes* le tengo preparada una sorpresa.

Una gran sorpresa.

Le he dicho que para celebrar su primer paso hacia la universidad, aunque le falte la preparatoria, nos vamos a la playa.

Al Caribe. Esas aguas turquesas y arenas blancas que salen en todas las películas y que hacen suspirar de emoción a españoles y finlandeses. Y a nosotros también. Hay una fascinación por el mar que viene desde tiempos inmemoriales; tiene que ver con sus misterios, pero también como reconocimiento al canal de transportación que es, de lenguajes, culturas, mercancías, amores, especias, modas, amores.

Salimos en avión un viernes por la tarde rumbo a Cozumel, a casa de Pepe y Lidia, los primos. Tenemos dos semanas para descubrir esta parte del mundo.

La casa es pequeña y cómoda. Tiene un jardín y una piscina donde nos metemos los cuatro a remojar en cuanto el sol se torna de fuego y no hay sombras lo suficientemente poderosas para evitarlo.

Y así pasamos los primeros cuatro días. Comiendo al aire libre y charlando, y leyendo y viendo pasar a los flamencos al atardecer rumbo a sus nidos.

Pepe me avisa que la lancha está lista para el día siguiente al amanecer.

Sebastián abre los ojos.

—Mañana comienzan las verdaderas vacaciones —digo, y levanto mi cerveza al aire para brindar.

—¿Adónde vamos? —dice Sebastián dejando a un lado su libro. Está leyendo *Cien años de soledad*, del genial Gabriel García Márquez.

116

—¿No te dije? Perdón, *Viernes*, nos vamos una semana a una isla desierta.

Su cara se ilumina como el sol del que huimos diariamente.

—¿En serio? ¿Una isla desierta de verdad?

—De verdad verdadera. *Robinson* y *Viernes* contra los elementos.

—¿Desierta, desierta? ¿No habrá nadie más que nosotros?

—Nosotros y los peces y los pájaros y algún animal salvaje y palmeras.

La isla a la que vamos está realmente desierta. Llevo un año planeando el viaje. Hay una vieja estructura que alguna vez fue un pequeño faro, pero que hoy está semiderruido. Es una isla pequeña, por supuesto, pero más que suficiente para llevar a cabo nuestra gran aventura. Tengo todo lo necesario para sobrevivir. Y cuando digo necesario me refiero a lo indispensable. Se trata de vivir en carne propia (minimizando riesgos) esa magnífica aventura narrada por Daniel Defoe. Tampoco se trata de morir en el intento.

Nunca había visto a Sebastián tan emocionado. Generalmente vivimos las aventuras a través de los libros que leemos, pero esta vez iba en serio.

Nos ponemos en la mesa del comedor a revisar lo que llevaremos a la isla.

Anzuelos y sedales para pescar. Fósforos a prueba de agua. Una olla y un sartén. Un machete y un cuchillo. Un plástico para conseguir agua por condensación (lo vi en un documental). Otro plástico para cubrirnos de la lluvia. Un par de camisetas y *shorts*, sandalias, 10 litros de agua potable en una garrafa. Un salero (comer sin sal es lo peor que me podría pasar en la vida), un *kit* de primeros auxilios, un ovillo de cordel, trajes de baño, dos cucharas y un libro para cada quien. *¡Voilà!*

Probablemente todo el mundo debe pensar que estoy loco, pero creo que merecemos una vez en la vida, por lo menos, vivir una situación extraordinaria que valga la pena ser recordada para siempre.

Cuando se lo conté a Pili me amenazó con ir a un abogado para quitarme la custodia de Sebastián.

Tardé semanas en convencerla. Y otras semanas para que no dijera nada a nadie.

Pepe ha dejado ya en la isla un pequeño radio de onda corta escondido en las ruinas del faro y una pistola de señales por si tenemos problemas. A unos cuantos kilómetros hay otra isla habitada por pescadores que verían en el cielo la llamada y acudirían, si es necesario, a nuestro rescate.

Estoy loco. Pero es una locura benigna. Jamás pondría en peligro a lo que más quiero en la vida.

Lo más difícil fue escoger el libro que llevaríamos cada uno. Lo discutimos toda la tarde y las opciones se reducían a la pequeña biblioteca de Lidia.

Al fin cada uno tenía al compañero ideal debajo del brazo. Sebastián, inteligentemente, tomó del librero *Dos años de vacaciones*, de Julio Verne, esa historia de niños sobrevivientes en una isla desierta. Ya lo había leído, pero no le importó.

—Me acuerdo que trae ideas que nos servirán —dijo muy en su papel de náufrago.

Yo, por el contrario, preferí que nos acompañara un poeta: *Poesía original reunida*, de Francisco de Quevedo. Cuando todo puede salir mal siempre estará la poesía como último recurso para salvarte la vida.

Se hace de noche. Pepe y Lidia nos hicieron una cena de despedida en el jardín, adornado todo con antorchas. Hay cerdo al horno, ensalada, aguacates rellenos de camarones, tres postres. Un festín.

De repente, una nube negra pasa por la cara de mi sobrino. Se levanta y se acerca a mi oído.

—¿Puedo llamar por teléfono a Sofía? De repente me dio miedo de no volver a verla nunca.

—Por supuesto.

Y yo mismo tuve un escalofrío. ¿No debería suspenderlo todo? ¿Quedarnos en la seguridad de la piscina de los primos? ¿No arriesgarnos?

Oí una voz dentro de mi cabeza. Mi voz de cuando tenía 17 años y me fui dos meses con un grupo de amigos a alfabetizar a una playa en el Pacífico mexicano, donde comíamos lo poco que había y sonreíamos de oreja a oreja sabiendo que estábamos cambiando algo, que por poco que fuera era para nosotros lo más importante del mundo.

—¡Cobarde! —dijo claramente.

—¡Claro que no! —contesté en silencio.

Media hora estuvo Sebastián al teléfono con Sofía, haciéndose arrumacos a la distancia.

—¿Todo bien? —pregunté.

—Sí. Me pidió que te cuidara. Y que nos divirtiéramos.

Y Sofía tenía razón. Yo estaba preocupado por el sobrino y el que podría salir peor librado de la aventura era yo mismo.

Esta no es la historia del viaje que emprendimos juntos. Más bien tiene que ver con esa media hora en la que un par de jóvenes enamorados estuvieron a más de 600 kilómetros de distancia repitiéndose una y otra vez lo mucho que se necesitaban y cuánto se amaban el uno al otro.

Tiene que ver con la perspectiva que te brinda el poner tierra entre tu corazón que cabalga como un loco dentro del pecho y esa a la que has decidido consagrar tu vida y tus sueños.

Es, pues, una historia de amor. Una mínima historia de amor.

Tan grande como el universo.

Celoso de esa parejita de enamorados a los que les bastaba la presencia del uno para justificar la existencia del otro, yo tendría que regresar a *Viernes* de una pieza a los brazos de Sofía, aunque me fuera la vida en ello.

Tendría que ser muy cuidadoso. Una pierna rota o una herida cualquiera darían al traste con todos nuestros sueños. Cuando uno envejece el cuerpo no responde de la misma manera que antes, y aunque dentro de tu cabeza sigas teniendo el impulso vital de un adolescente, los reflejos no son los mismos.

—Más vale que *Viernes* cuide al viejo *Robinson* si quieren regresar del viaje de una pieza.

—¡Pamplinas! —grité—. Soy el más avezado de los náufragos de todo el mundo mundial.

Lidia me miró de arriba abajo.

—Avezado. Ten cuidado.

Dormí muy mal esa última noche en una cama mullida, rodeado de tiburones y serpientes venenosas que venían a cada rato a atribular mi sueño.

Soy un inconsciente.

La lancha salió antes de que rayara el sol. A pesar de ser el Caribe, yo sentía frío y no había metido en mi espartana mochila ni un ligero suéter. Llevábamos más de medio camino cuando descubrí que tampoco teníamos en nuestras pertenencias repelente contra insectos ni ningún tipo de crema bloqueadora del sol. Ni siquiera gorras.

Todo iba a ser mucho más real de lo que yo había previsto. Muy Robinson Crusoe.

Cuando nos dejaron en la playa, el pescador, llamado Goyo, preguntó si estábamos seguros.

Yo asentí vigorosamente con la cabeza, pero por dentro me temblaban partes que ni siquiera sabía que existían.

Viernes, en cambio, saltó a la arena con una sonrisa llena de dientes, como si hubiese regresado al edén que alguna vez le arrebataran.

Vimos cómo se fue alejando la lancha y con ella nuestra última oportunidad de arrepentirnos. No eran ni siquiera las siete de la mañana cuando ya estábamos solos.

—Lo primero es hacer un refugio para pasar la noche. Lejos de la orilla. Vamos amontonando allí (y señalé con el dedo dos inmensas piedras) todas las palmas secas que podamos.

En menos de una hora, y tomando como pilares las dos rocas, hicimos un techo de palmas, atadas lo mejor que pudimos y cubiertas con un plástico. Quedó muy espectacular, digno de novela de Golding, de Verne, de Conrad, de Salgari. También olvidé la cámara, así que si algún día alguien lee esto, tendrá por fuerza que creerme.

En cuanto terminamos hicimos un fuego con cocos secos y madera a una distancia prudente del refugio.

Repentinamente, *Viernes* comenzó a gritar como loco corriendo hacia el mar.

Lo alcancé. Los dos teníamos el agua más clara y tibia del mundo hasta las rodillas. Tres delfines hacían cabriolas y saltos muy cerca de donde nos encontrábamos.

Estábamos en el paraíso.

—Necesitamos pescar —dije.

Usando carne de cangrejo (abundaban en la playa y eran muy fáciles de capturar) como carnada, cebamos nuestros anzuelos y un rato después ya teníamos dos peces gordos ensartados en un palo asándose en nuestra hoguera. Devolvimos al mar los que nos parecieron demasiado pequeños.

Idílico.

Hicimos un agujero para recolectar agua por condensación con el otro plástico, y otro agujero un poco más profundo para nuestras necesidades. Parte del trato era no dejar ni un solo rastro, por lo menos visible, de nuestra experiencia que pudiera contaminar el entorno.

—¿Nadamos? —pregunté al sobrino que seguía sonriendo como en un comercial de pasta de dientes, completamente embobado.

—Voy por mi traje —dijo.

—Yo voy sin traje. —Y gritando como Tarzán, me fui quitando la ropa y corriendo hacia el agua, desnudo.

Iba cayendo la tarde cuando salimos del agua, felices después de bucear y ver a lo lejos tortugas y mantarrayas, y desde muy cerca corales rebosantes de pececillos de colores; en el aire, bandadas de pelícanos en perfecta formación.

Hice una sopa de cangrejos, bebimos agua de coco fresca y comenzamos a hablar de lo bueno y divertido que era ser un náufrago en una isla desierta.

Mirando la fogata fijamente, *Viernes* habló.

—Gracias, tío. Es la mejor vacación del universo. Me imagino la cara de mis amigos cuando les cuente.

—Me puedes llamar *Robinson*.

—Solo aquí.

—Vale.

—Es la mejor vacación del universo, *Robinson*.

—Estoy de acuerdo, *Viernes*.

Leímos a la luz de la luna, llena y dorada. Bajo un espectacular manto de estrellas que en las ciudades, por la contaminación lumínica, son imposibles de distinguir a simple vista.

Caímos rendidos después de nuestro primer día de aventura.

Y todas las pulgas de arena del paraíso se cebaron en nuestras carnes. Nos revolvíamos como lombrices sacadas de la tierra y expuestas a su propia desnudez.

Sobre las dos de la mañana comenzó a tronar el cielo amenazadoramente.

Y al poco cayó el diluvio universal.

Esta parte del naufragio no estaba contemplada. En minutos, el torrente deshizo nuestro precario refugio; el garrafón de agua se volcó y perdimos nuestra reserva, el hueco de la condensación se llenó de lluvia y arena. Desaparecieron los fósforos, y también los anzuelos y sedales en medio del torrente de agua que avanzaba bajo nuestros pies.

Una verdadera catástrofe.

Al amanecer, la tormenta se había disipado por completo. Si no fue un huracán merecería el nombre.

No teníamos nada. Ni siquiera nuestros libros, que empapados se habían disuelto como algodones de azúcar.

Ahora sí éramos náufragos totales. Pasamos del paraíso al infierno en 24 horas.

Pero quedaban el radio y la pistola en las ruinas del faro. No tuve que pensarlo mucho; no podía exponer al sobrino a morir de una manera tan tonta, de hambre, frío o por las picaduras que cubrían por lo menos un 60 por ciento de nuestros maltrechos cuerpos.

A pesar de todo, *Viernes* seguía sonriendo.

—¿Qué pasó, querido *Robinson*? ¿No queríamos ser náufragos? Ya lo somos, con todas las de la ley.

Y no le dije la barbaridad que tenía en la punta de la lengua para no pelear con el único otro náufrago que estaba conmigo en la isla desierta.

Nunca encontramos el radio ni la famosa pistola. O los robaron o el agua se los llevó como juguetes inútiles.

Estaba francamente asustado. Todo lo que nos quedaba era el cuchillo, que yo había prendido a mi cinturón y que aguantó la inundación.

Había que hacer fuego. Para secarnos y para mandar por medio de todo el humo posible una señal de que necesitábamos auxilio inmediato. Logré encender una fogata con mis lentes (como en *El señor de las moscas*) y acumulamos junto a ella todas las palmas que se fueron secando durante el día.

Ese día comimos cangrejos a las brasas y bebimos agua de coco. No estuvo mal.

Pero ni un rastro de embarcaciones o aviones en el cielo.

Acostados en la arena, a la luz de la luna, llenos de ronchas, cansados y asustados.

—Si se entera Pili me va a poner una demanda. Tendrás que ir a vivir con ella —le advertí al muchacho.

—¡Nunca! Prefiero morir en esta pinche isla.

—Nadie se va a morir. Todo lo que hay que hacer es organizarnos y aguantar. Tenemos cocos, cangrejos; mañana nos las podemos ingeniar para pescar algo. No pasa nada.

—¿Te imaginabas que esto iba a pasar?

—Lo tenía todo calculado para que fuera más real —le contesté, intentando esbozar una sonrisa.

Y se puso a reír como un loco que descubre abierta la puerta del pabellón psiquiátrico donde estaba encerrado.

Le hice jurarme que si salíamos con bien de la «aventura» no se la contaría a nadie, nunca.

Lo juró.

Pero, por si acaso, le pregunté si estaba dispuesto a hacer un pacto de sangre.

—¿No te basta mi palabra, *Robinson*? Tú me enseñaste que es lo más valioso que tenemos en la vida y que hay que honrarla...

Y me arrepentí enseguida de haberle enseñado algunas cosas que ahora mismo se ponían en mi contra.

De repente, vi a la luz de la luna cómo un par de lágrimas salían de los ojos de mi sobrino.

Le pasé una mano por el pelo.

—Si nos pasa algo, ¿quién le va a decir a Sofía que la amo como a nada en el mundo?

Y a mí se me encogió el corazón, y por un instante, solo por un instante, pensé en esa estúpida pero real posibilidad.

—Allí hay carbón. Allí hay una roca. Escríbele un mensaje —le dije.

Y antes de que pasara un segundo, ya estaba escogiendo el trozo de carbón seco que utilizaría.

De lejos lo podía ver, escribiendo frenéticamente contra una roca plana. Un montón de palabras de amor que salían como un tropel de su cabeza.

No me acerqué. Los mensajes de esa naturaleza deben mantenerse privados y ser leídos tan solo por el destinatario.

Regresó con una sonrisa prendida en los labios.

—¿Todo bien? —pregunté.

—Todo perfecto.

Y se durmió como un angelito.

Y yo, con un ataque de pánico, me dediqué a rumiar toda la noche las formas en que podríamos salir de la isla desierta a la que había llevado a mi sobrino, exponiéndolo a perder la vida.

A la semana regresó la lancha por nosotros. Y sanos y felices la abordamos para volver a la piscina de los primos.

Nunca hemos contado ni *Viernes* ni yo lo que pasó en la isla.

Todo el mundo piensa que fue difícil y que la pasamos mal; cierto. Que comimos cangrejos crudos y que vimos los más fabulosos atardeceres de la historia, lo cual está bastante cerca de la realidad.

Pero la verdad es que la misma tarde en que pensábamos que todo estaba perdido, ancló un yate de regulares proporciones a unos cien metros de nuestra posición.

Con una pareja de viejos canadienses jubilados que le estaban dando la vuelta al mundo y gastándose alegremente el dinero que habían ahorrado toda la vida.

Y a los que les contamos nuestra odisea.

Paul y Joanna nos recibieron en su barco, nos dieron de desayunar, comer, cenar y beber durante cinco días, paseamos con ellos por la zona, vimos tiburones y pescamos un dorado gigantesco que luego yo cociné relleno de tomates y aceitunas y que quedó espectacular. Nos ofrecieron un camarote inmenso con baño y agua dulce corriendo por sus llaves.

En resumen, un barco de cinco estrellas, completamente gratis.

—¡Las mejores vacaciones del universo! —como dice *Viernes*.

Cuando llegó la lancha, Goyo nos miraba de arriba abajo. No podía creer que nos viéramos tan limpios y rozagantes como estábamos. Con camisetas limpias (Joanna tenía hasta lavadora en su yate) y sonrisotas como bandera.

Y al volver nos quedamos callados frente a los demás, más silenciosos que un par de ratoncitos que miraran por el agujero al gato que está del otro lado.

Cada vez que nos preguntan sobre nuestra aventura, somos parcos y misteriosos.

Cuando estamos solos el sobrino me llama *Robinson*. Un poco en tono de burla.

Y nunca jamás tuve otra ocurrencia de esas proporciones.

No siempre estarán a la mano Paul y Joanna para salvar nuestro preciado pellejo.

Así que ni lo intento.

Todas nuestras aventuras a partir de ese momento fueron del tipo «ciudad» y con libros amigos entre las manos. A veces vale la pena que los peligros solo sean de papel.

Creo que Sofía lo sabe. Cada vez que llamo *Viernes* a Sebastián ella sonríe enigmáticamente. Pero sé que no dirá nada nunca.

Los pactos entre sobrevivientes no se rompen nunca de los nuncas.

Me hizo jurar que algún día volveríamos, con Sofía, para que ella pudiera leer la carta que le dejó escrita en la roca.

La carta de amor de un náufrago.

La mejor declaración de amor del mundo entero.

QUEMAR LAS NAVES

Es tarde.

No oigo ruido en su habitación y ya debería estar saliendo para la escuela. Me sorprende enormemente, siempre ha sido muy puntual, y no se acostó tarde. Pasé por ahí en la madrugada y se oían suaves ronquidos de búfalo.

Abro su puerta, pensando que tal vez ya se haya marchado y el que se quedó dormido fui yo.

Pero no es así.

Su cuarto huele a madriguera. Supongo que igual que todos los cuartos de adolescentes. De vez en cuando paso por ahí con un atomizador y esencia de romero o de lavanda, y le aplico al ambiente dos discretas nubes que solo logran crear el efecto de una madriguera con romero.

Sigue roncando. Abro las cortinas y las ventanas de par en par.

—¡Grumete! ¡Que son las siete! —grito a voz en cuello.

Y por respuesta recibo un par de gruñidos. Un revoloteo de sábanas para cubrirse de la luz del sol y del aire que a mí me parece benéfico pero a él debe parecerle una maldición.

Utilizo entonces mis manos como necesaria bocina.

—¡Llamada de combate! ¡Aviones enemigos a las seis en punto! —Y después de advertirlo jalo violentamente sábanas y mantas, dejando semidesnudo al muchacho que duerme con solo el pantalón del pijama. Ya es casi un hombre. Tiene 16 y más pelo en pecho que yo mismo. Y se comporta, a pesar de todo lo bueno y dócil que es, de vez en cuando como cualquier muchacho de 16. Y yo, como la mamá del muchacho.

Me mira desde la almohada que le cubre parte del rostro con verdadero odio.

Amargo despertar.

—¡No voy a ir a la escuela hoy! —declara al mismo volumen con el que yo lo desperté.

—¿Se puede saber el motivo? —grito también. Ya sin personajes ni dramatizaciones innecesarias.

—¡Estoy en huelga y te odio!

Esperaba cualquier cosa excepto tal vez esa respuesta que me dejó completamente desarmado.

Arrastrándose recuperó sus sábanas y se volvió a acostar en posición fetal. Yo salí del cuarto dando un sonoro y potente portazo. Dos acciones: estar en huelga y odiarme por el precio de una. Y eso que apenas son las siete de la mañana.

Y me fui a hacer un café. Todos dicen que es un estimulante, pero a mí me relaja. Pienso mejor cuando bebo café. Y en esta ocasión necesitaba no una taza sino una jarra.

Lidiar con un adolescente es muy parecido a lidiar con una mezcla de troglodita y toro de Miura. Embisten sin escuchar razones y generalmente luego se arrepienten de la embestida. No es esta la primera vez. Una vez pasó una semana sin bañarse. Y cuando se dio cuenta del enorme error que eso significaba (que las chicas huyeran a su paso y los amigos miraran hacia otro lado) se metió a la regadera. Y entonces corté el agua.

La discusión posterior fue digna de un drama shakesperiano.

Pero acabamos firmando un contrato, con sellos fiscales y toda la cosa, donde quedaba clarísimo que solo podría dejar de bañarse un día a la semana, el que quisiera. Pero no lo ha hecho. Afortunadamente.

Tal vez esté acumulando los días que le tocan y no dudo que alguna vez, tal vez muy pronto, decida que le tocan y pase sin agua y jabón un par de meses. La rebeldía viene acompañando a la adolescencia. Y a mí, en el fondo, me encanta. Excepto en cuestiones de higiene.

Ser rebelde es una manera de decirle al mundo que te mereces un lugar privilegiado dentro de él. Pero esas rebeldías un poco infantiles no conducen a nada, excepto a infecciones y olores perversos.

—No me baño porque ninguno de mis amigos se baña —me dijo aquella vez.

—¿Si decidieran todos tirarse del tejado lo harías también?

—No es lo mismo.

—Es parecido.

—No.

—Sí.

—No.

Y así durante un buen rato.

Pero hoy enfrentamos un dilema diferente. No ir a la escuela es como no ir a tu trabajo. Tenemos roles en esta pequeña comunidad de solo dos personas perfectamente establecidos y que son parte de nuestro «contrato social». Yo soy «amo de casa» y él «estudiante». Y la verdad, ninguno de los dos somos excesivamente brillantes en ello. Nadie nos daría nunca un Premio Nobel en cualquiera de las dos materias.

Y, sin embargo, vamos tirando, con dificultades, ocasionales gritos, reconciliaciones y regaños, pero vamos tirando.

Ahora mismo creo que lo odio tanto como él a mí. Y no tiene que ver con el amor que nos profesamos, que es incondicional y no admite excusas. Tiene que ver con esas pequeñas cosas cotidianas que convierten cualquier paraíso en un infierno. Alguno de los dos debe comportarse maduramente. Y creo que esta vez me toca. Hay que apechugar y jugar el temible rol de padre contrariado y ofendido.

Después de mi primer café, a *bata y espada*, como debe ser, entro de nuevo en su cuarto. Me planto en medio del mismo y declaro lo más seriamente que me permiten las circunstancias.

—El derecho de huelga es una libertad fundamental por la cual han muerto muchos hombres y mujeres libres, dignos y decentes. Estás en tu derecho, pues.

Asomó la cabeza debajo de la almohada, con ojos legañosos me miraba. Seguí con mi discurso.

—Pero yo también tengo el mismo derecho. Así que te aviso, jovencito, que también estoy en huelga. Indefinida.

Y salí del cuarto.

Y esta vez cerré suavemente.

Y me fui por mi segundo y necesario café para enfrentar la tormenta que sin duda se avecinaba.

Mientras escribo estas líneas han dado ya las ocho de la mañana. La escuela ya comenzó y no dejan entrar a nadie después del campanazo inicial. No me parece mal. Así se aprende que la puntualidad es una suerte de mal necesario en la vida. Sebastián perdió un día de clases; no es grave, pero la lección que sin duda vendrá tendrá que ser ejemplar.

Asomó la cabeza después de una hora. Y una jarra y media de café. Yo leo en la cocina, vieja costumbre muy arraigada en mi cuerpo, que conmemora a los lectores de los siglos pasados, el lugar más cálido de la casa, donde se tejen sueños y se elaboran fantasías comestibles.

—¿Estás enojado? —preguntó cándidamente.

—No. Estoy en huelga.

Se sentó frente a mí. E intentó servirse café en una taza que había llevado hasta la mesa lastimeramente, como un náufrago en el mesón del primer puerto al que fuera llevado después del rescate.

Cogí la jarra y la jalé hacia mí.

—¿No me vas a dar?

—Negativo. Yo me hice mi café, tú hazte el tuyo. La huelga es de «brazos caídos»; si no sabes qué significa búscalo en tus libros de historia.

—Sí sé. No vas a hacer nada.

—No exactamente. Mi huelga es solo en cosas que se refieren a ti. Mi café es mío, por ejemplo.

—¿No harás de comer, por ejemplo? —preguntó entonces, comenzando a preocuparse.

—Sí haré. Mi comida.

Se levantó súbitamente y volvió a su cuarto, ofuscado. El tema de la comida y los adolescentes es un arma blanca en el centro mismo del corazón de ese curioso gremio.

Sabe cocinar, no me preocupa. Pero no cocina como yo. Y hoy me haré manjares salidos de las mil y una noches, de Barataria, de donde vivan Gargantúa y Pantagruel, del País de las Maravillas. Y no le voy a dar ni un mísero bocado.

Tal vez yo haya sido incluso más rebelde que el chico, pero mi rebeldía tenía que ver con otras cosas, con prohibiciones absurdas y mecanismos de control que algunos padres ejercen sobre sus hijos tan solo para demostrarles que tienen poder sobre sus vidas.

Así era mi propio padre, que creía que el mundo era cuadrado y que zanjaba cualquier discusión con un «porque lo digo yo», como si su voz fuera suficiente para hacer cambiar de opinión al resto de los mortales que debían, como si fuera un emperador, arrodillarse a su paso.

Conmigo no pudo.

Yo sabía discutir con argumentos sólidos y potentes desde muy joven, sabía de dialéctica y de retórica. Mi padre sabía de golpes dados a mansalva.

Así había aprendido él en su tierra natal, del otro lado del mundo, y así pensaba que era como se educa a las personas. Una interminable cadena de errores, heredada generación tras generación, tan difícil de intentar cambiar como cambiar el curso de las olas.

Y a pesar de eso no era malo, solo era bruto. Creía que todos debían (por lo menos en casa) obedecer su santa voluntad, por un principio machista venido de la hoguera pleistocena donde imperaba la ley del más fuerte y ninguna otra.

A los 17 ya era más alto que él, porque fui alimentado mejor de lo que a él lo alimentaron, y fui también a una escuela donde aprendí cosas sobre la igualdad y el respeto al derecho ajeno.

Tuvimos tantas discusiones como días en los que vivimos juntos bajo el mismo techo. E incluso un día, agotadas las palabras, me dio una bofetada que le devolví.

Él se arrepintió y yo me arrepentí.

Y luego de ese momento terrible ya de nada sirvieron las palabras. Nos dejamos de hablar para siempre.

Y murió sin que nos habláramos. Ahora mismo me gustaría tenerlo frente a mí para intentar establecer una relación distinta de la que tuvimos. Pero sé bien que la palabra «hubiera» se conjuga siempre con el adjetivo «imposible» tomado firmemente de su mano. Jamás le pegaría a Sebastián; no está en mi naturaleza la violencia, y además creo fielmente en métodos pedagógicos que pasan siempre por la confianza y el amor.

¿Me sirvieron de algo los azotes propinados por mi padre?

Sí. Aprendí que no sirven para nada. Y esa es una regla elemental que no deberíamos aprender en carne propia sino por puro y simple sentido común.

El perdón aparentemente es cosa de dioses y de sus enviados al mundo. Así que simplemente no olvido.

Yo sí me tomé muy en serio la frase de Heródoto que dice que nadie tropieza dos veces con la misma piedra; aunque el resto tropiece, no es mi piedra.

Cerca de las doce siento que alguien espía por sobre mi hombro mientras leo jacarandosamente el periódico de ayer (ni siquiera me he quitado la bata, y por supuesto no fui por el del día). Sigo tomando café y he aderezado mi lectura con un par de panecillos ingleses embadurnados con toneladas de mantequilla y mermelada.

El joven debe tener hambre. Pero estamos en huelga.

—¿Asunto? —digo en voz alta sin levantar la vista de la sección cultural.

—¿No vas a hacer nada de nada? —pregunta.

—Nop.

—Ya me arrepentí de lo que dije.

—Yo no. Las huelgas son algo muy serio que jamás pueden tomarse a la ligera.

—¿Podemos hablar? —Y lo dijo volviendo a sus doce años, a su orfandad de los doce años, como si estuviera solo en el mundo, aunque los dos sabíamos que no lo estaba.

Se sentó frente a mí.

Cedí un poco y le acerqué, como no queriendo, el plato con los panecillos. Y antes de darme cuenta ya había engullido un par.

—Nunca me habías contestado así —le reclamé.

—Lo siento.

—Eso no importa, importa saber el porqué. ¿Tenías tanto sueño? ¿Te quedaste leyendo hasta el amanecer? ¿Te sientes mal? ¿Estás creciendo y duele? Hay muchos posibles motivos.

—No dormí. Ni leí ni me duele nada. Bueno, me duele pero no me duele.

—Esa es una respuesta esquiva y rara. Menos mal que no soy doctor porque no tendría ni idea qué recetarte.

—Es Sofía.

—¡Peor! En males de amor no hay remedios posibles. Ni recetas infalibles.

—Lo sé. ¿Podríamos hacer más panes?

—Yo no he levantado mi huelga hasta tener motivos suficientes. Pero los puedes hacer tú. Yo quiero dos.

Y se puso a trasegar en la cocina mientras yo lo veía. Un bastante alto y esmirriado adolescente que arrastraba los pies al andar, al que se le caían los pantalones del pijama, propenso a un cierto tipo maligno de acné que amenazaba con hacer una masacre en su frente.

—¿Qué le hiciste esta vez?

—Nada, no le hice nada, te lo juro.

—Y bien, ¿qué pasa con Sofía? —dije.

—No pasa, más bien. Creo que no le gustan algunas cosas de mí.

—Nada que hacer en ese penoso caso. No puedes obligar a nadie a que le guste lo que no le gusta. A mí no me gusta mi enorme nariz y, sin embargo, tengo que vivir con ella; hasta le he tomado cariño con el tiempo. Pero hay otras cosas, sobre todo de manera de actuar o de personalidad, que se pueden cambiar por amor.

—Pero de ella me gusta todo.

—Y a mí me gustan los cuadros de Van Gogh, pero no puedo tenerlos. Y me gusta Mónica Bellucci, y me gustan las pirámides de Egipto, y me gustan…

Me interrumpió mientras giraba un pan en el aire con cierta maestría sobre la sartén. Yo se lo enseñé, es un arte.

—Ya, ya estuvo. Me queda claro. Soy yo, no ella. Crisis adolescente, nada grave, creo.

—¿Qué vas a hacer de comer?, porque no hay nada en el Yeti.

—¿Y por qué yo?

—Mi huelga continúa.

Puso los platos sobre la mesa y lo oí decir, claramente por lo bajo, algo como «en qué lío me metí».

Mientras él comenzaba a cocinar, yo comenzaba a pensar.

Nos parecemos de muchas maneras, mucho más de lo que se parece un hijo a su padre; y a pesar de ello, es más noble que yo mismo y perdona más fácilmente; su cerebro es una esponja que va absorbiendo todo a su paso; tiene mucha más suerte con las mujeres que yo, y a veces, solo a veces, cocina un poco mejor que un servidor.

Y por otro lado, pienso que los hijos no deben parecerse en lo absoluto a sus padres, ni siquiera a la hora de elegir una profesión. Cada uno debe ser como le dicte su naturaleza, su entendimiento y lo aprendido con el paso del tiempo.

¿Para qué quiero una réplica (mejorada) de mí mismo?

¿Necesito perpetuar en Sebastián las cosas buenas, pero también las inmensamente malas que hay en mi carácter y mi forma de ser?

¿Es cierto lo de plantar un árbol, escribir un libro y tener un hijo?

Tal vez esta sea la única pregunta para la que tengo una respuesta definitiva. Y la respuesta es no.

Qué manía tenemos los seres humanos de dejar nuestra impronta en la tierra, perpetuar nuestras hazañas, esperar con ansia que al final de la vida haya monumentos y calles con nuestro nombre impreso. Sembrar libros, escribir hijos, tener árboles.

¿No sería mejor tan solo intentar cambiar todo aquello de malo que hay a tu alrededor mientras vives?

Ser notable por ser solidario, empático, dispuesto a ayudar a los otros.

Las verdaderas revoluciones son las de la conciencia. Las hacen aquellos que se rebelan contra lo establecido por la norma, el horario, la disciplina, la ley, el orden. Los que cambian su entorno inmediato, los que no cometen los mismos errores que sus padres.

No, Sebastián no se parece a mí. Es mucho mejor que yo. Y tendrá sus propios defectos. Y tropezará, por más que yo quiera evitarlo, en montones de piedras que irán poniéndose en su camino.

Además, ya no es un niño. Probemos, pues, nuevas cosas. Démosle nuevas responsabilidades. Mejores motivos para rebelarse.

A veces lo que escribo en estas libretas que nunca verá nadie me harían parecer una suerte de moderno doctor Frankenstein haciendo experimentos con su sobrino.

Y no estoy seguro de que las sorpresas que todo el tiempo le tengo preparadas sean de alguna manera un método pedagógico para aprender a ir por la vida. Pero nos divertimos los dos, y los dos aprendemos.

Estamos aplicando la base del método científico. Prueba-error. Y así, vamos tirando.

Sofía, su novia desde hace ya un buen rato, es mi aliada y cómplice en muchas de mis ocurrencias. Una mujer decidida, valiente, inteligente.

Cuando están juntos son como volcanes que van estallando sin sincronía, uno detrás del otro, interminablemente. Teniendo ideas descabelladas y también completamente nobles. Y también son balanza, equilibrio, se complementan y se tranquilizan mutuamente en los momentos más álgidos y los más comprometedores.

Si hubiera un genio de la lámpara y me concediera un único deseo, le pediría que fuera ella la que lo acompañara para siempre. Ahora y cuando yo ya no esté.

Hace poco se quedó a dormir.

Y yo estuve a punto de poner el grito en el cielo.

Será que mis atavismos culturales todavía no me dejan ver con naturalidad esas cosas que pasan naturalmente en nuestras vidas. Eso quiere decir que a pesar de ser el más racional del mundo casi me escandalizo. Y no tiene que ver con el amor ni con el sexo, que es sin duda algo bueno y bello y que surge exactamente igual que llegan los ríos a la mar. De manera inevitable.

Hablé con la madre de Sofía sin que los dos muchachos lo supieran, y rogándole que no le dijera a ninguno una sola palabra.

Tan solo quería cerciorarme de que estuvieran seguros de lo que hacían, que eso que sentían era amor y no una calentura pasajera, que estuvieran preparados para tener sexo seguro y que no mintieran con respecto a dónde iba a ir Sofía a dormir.

Y resultó que la madre lo sabía, no estaba en lo absoluto preocupada, confiaba en Sofía y su buen juicio, y resaltó la inmensa confianza que había entre las dos.

Y yo quedé como un imbécil y un «soplón».

Fue la llamada más tonta que he hecho en mi vida, en vez de hablar con Sebastián como siempre y preguntarle sencillamente lo que yo quería saber, aunque no tuviera el derecho de saberlo, porque la intimidad es cosa de dos y no se anda ventilando ni en las revistas ni por los pasillos.

Lo mejor vino después.

Después de que los tres cenamos como una familia de siglos, de hablar de poesía y nuevas películas y maestros de escuela y situación política del país, y de descubrir la inmensa madurez que se ocultaba en esos dos muchachos, que me dieron más de una lección sobre la vida, nos fuimos a dormir.

Y a la mañana siguiente me habían hecho un abundante desayuno y se comportaban como una de esas parejas que llevan años conviviendo juntos. Ni sonrisitas ni secretos dichos a media voz.

Y yo ardía en deseos de saber qué había pasado, pero no me atrevía a preguntar.

Lo supe luego. Se habían quedado dormidos hablando del mundo y de las maravillas que había que ver en él. Todos mis fantasmas se desvanecieron como la neblina cuando comienza a arreciar el sol.

Lo que tenga que suceder sucederá. Son casi adultos. Y se aman.

En estas cavilaciones estaba cuando escuché la voz de *Viernes*.

—¿También estás en huelga de baño? Es casi la una.

—No. Este huelguista es limpio. ¿Y usted? Tampoco se ha bañado.

—Ya no estoy en huelga. Ahora mismo me baño.

—¿Estás bien?

—No.

—¿O sea que la huelga no es gratuita?

—Me peleé con Sofía.

—¿Y todos pagamos por el mal humor? ¡Ya hasta nos ponemos en huelga!

—Lo siento. Sí, así es.

—No te voy a preguntar el motivo de la discusión, porque las cosas de los enamorados son entre ellos y nadie debería meter la nariz donde no lo llaman, y mucho menos teniendo una nariz épica, como la de Cyrano de Bergerac.

—¿Y si te pidiera que la metieras?

—Tendría que pensar si lo amerita. Mi nariz, hoy, también está en huelga.

Me miró por un instante como a un desconocido. Tal vez esta fuera la primera vez que no me rendía a sus pies y a sus problemas, como siempre lo había hecho. Pero es que creo que en el proceso de madurar tiene uno que encontrarse con obstáculos cada vez más difíciles.

Pone cara entonces de resignado.

—Pues muy bien. No te enterarás entonces que están a punto de expulsarnos de la escuela.

—Ya me enteré. —Y debo confesar que por un segundo me alarmé. Es raro que estos dos se metan en líos. La escuela es extremadamente liberal y sus alumnos responden a las exigencias académicas y de comportamiento habitual entre adolescentes, sin llegar nunca a casos graves.

—No te enterarás que organizamos un sindicato de alumnos.

La cosa se iba poniendo más complicada.

Contraataqué.

—¿Sabían que para hacer un sindicato necesitan ser trabajadores?

—¿Y no me has dicho que estudiar es mi trabajo?

Por andar haciendo analogías que según yo sirven para crear educación sentimental, me acaba de salir el tiro por la culata.

—Sí. Pero no les pagan por estudiar.

—Da igual. Hicimos el sindicato y hoy nos pusimos en huelga.

—Voy entendiendo. Era una huelga real, para no ir a la escuela.

—Afirmativo, como tú dices. —Y me imita el desgraciado.

—¿Y Sofía? —pregunto.

— Traidora. Sí fue a la escuela.

—*Esquirola* —digo.

—¿Qué? ¿Qué es eso?

—Un esquirol es aquel trabajador que en contra de la mayoría sigue trabajando mientras los demás hacen huelga. Generalmente huelga con motivos.

—¡Pues eso, *esquirola*! Y sí teníamos motivos.

—Expóngalos pues…

—Ya metiste la nariz. Ahora te aguantas.

Soy una bestia. Caigo una y otra vez en sus garlitos.

Me cuenta entonces que las autoridades de la escuela prohibieron a un famoso paletero que se pone en la puerta después de clases desde hace años, argumentando la poca higiene de sus productos. Los muchachos se organizaron para defenderlo y tuvieron la ocurrencia de hacer un sindicato, y de ponerse en huelga hasta que el hombre, apodado *Blanca Nieves*, volviera.

Creo que yo hubiera hecho lo mismo, pero jamás se lo voy a decir.

—¿Alguien se enfermó alguna vez por comer las paletas del señor Blanca Nieves?

Se pone serio, en su papel de secretario general del sindicato (que ahora me entero que lo es).

—No hay evidencias al respecto —contesta.

—¿Interrumpía el flujo estudiantil hacia la calle?

—Estaba a un ladito. Se podía salir y entrar sin contratiempos.

—¿Quién decidió la medida?

—El director y sus subdirectores.

—¿A ellos les gustan las paletas?

—¡No tengo idea! ¡Jamás preguntamos eso!

—¿Por qué Sofía decidió romper unilateralmente la huelga?

—Porque no quiere perder puntos por faltar. Tiene promedio de diez y espera una beca.

—Loable. Y lógico. Y tú, por supuesto, le reclamaste como sabes hacerlo por hacerlo, ¿no?

—¡Sííí! *Esquirola* y traidora.

—Última pregunta como asesor autoerigido del sindicato. ¿Prefieres paletas o a Sofía?

No lo dudó un solo momento.

—¡A Sofía!

Y después de una pausa que me pareció eterna remató:

—¡A Sofía y a la justicia!

Y no pude argumentar nada al respecto.

Me bañé, vestí y me fui a la escuela, solo. Yo había levantado mi pequeña huelga silenciosamente. Le dije a Sebastián que volvería pronto. Me fui a la salida de la escuela.

Intercepté a Sofía. Que me abrazó como si volviera de un viaje tortuoso por Siberia, llorando a moco tendido.

—¡A veces lo quiero matar, Paco!

—Yo también, querida, yo también.

Le pasé un pañuelo de tela, esa vieja costumbre heredada de mi abuelo y que sirve, más que para sonarse los mocos, para ayudar a las damas en apuros como este. Creo que es la primera vez en mi vida que lo saco para estos menesteres, a pesar de llevarlo siempre en la bolsa trasera del pantalón.

—Se trataba de presionar a la dirección, no de hacer una estúpida huelga…

—No todas las huelgas son estúpidas. Hay unas muy importantes, cuando se pisotean los derechos de los trabajadores, por ejemplo. Es su último recurso y está consignado en nuestra Constitución.

—¿Te parece que este era un caso que lo mereciera?

—Por eso vine. ¿Sabes dónde está el señor Blanca Nieves?

—Creo que en la otra esquina.

Caminamos juntos.

Allí estaba, ciertamente. Solo y su alma.

Tuve una larga conversación con él y su manera de hacer paletas. Se llama Artemio Cruz, igual que el personaje de la novela. Fuimos a una papelería a un par de cuadras mientras Sofía cuidaba el carrito. Allí redacté un texto, lo imprimimos, lo firmamos y hasta le puse un sello de tinta para que pareciera más oficial. El sello era de la papelería La Concordia, pero como estaba borroso daba igual.

En él se asentaba claramente que el señor Artemio hacía paletas de manera artesanal pero con agua purificada (le hice prometerme que así fuera) y que no eran un peligro para los muchachos. Y yo firmaba como testigo de honor.

No tenía ni la más pálida idea de si funcionaría, pero me pareció un honorable recurso, donde las partes le creen por voluntad al otro y actúan en consecuencia.

Cuando regresamos, Sofía tenía una sonrisa de oreja a oreja: había vendido diez paletas en un rato.

Le entregó ceremoniosamente el dinero a don Artemio. Y él quiso darle el diez por ciento de comisión, pero al negarse nos dio a cada uno una paleta de guayaba (de aparente agua purificada) que la verdad estaba buenísima.

Fui con el señor Cruz hasta la dirección de la escuela esgrimiendo mi papel mágico, y hablamos con el director, un tipo muy sociable y comprensivo que muy pronto se puso de acuerdo con nosotros y permitió que don Blanca Nieves volviera a su feudo. Con la salvedad de que si alguien se enfermaba, sería sacado de esos dominios para siempre.

Nos estrechamos las manos y salí feliz de la escuela.

Sofía había vendido mientras tanto cinco paletas más. Don Artemio la quiso convencer de que se asociaran, pero ella se negó.

El hombre, muy agradecido, me prometió que cada vez que yo pasara por allí me daría una paleta, del sabor que quisiera, completamente gratis.

Hablando, negociando, cediendo un poco y avanzado un poco, estoy convencido, se pueden arreglar todos los diferendos de la tierra, por más irresolubles que parezcan.

Fuimos a casa. Sofía se quedó en la puerta mientras yo entraba a ver a *Viernes*, que ya estaba bañado, con la mesa puesta y un espagueti a punto sobre las hornillas de la estufa.

Le conté lo que había sucedido.

Y él se alegró mucho, y luego puso cara de perro triste de película mala.

—Y ahora, ¿cómo le pido perdón a Sofía?

—Con dignidad y desde el corazón. Está aquí afuera. Y no se te ocurra decirle *esquirola*, por favor…

Corrió como maratonista jamaiquino hasta la puerta. Intentó abrazarla, pero ella lo apartó enérgicamente.

Yo me fui a mi cuarto. Mis narices saben cuál es momento exacto de la graciosa huida.

Media hora después y muerto de hambre, me asomé para ver cómo iban las cosas.

Estaban sentados uno en cada cabecera de la mesa. Serios pero cordiales.

Pedí permiso para sentarme en medio. Los dos dijeron que sí. Serví tres grandes porciones de espagueti (que le quedó buenísimo al muchacho) y las puse en los tres lugares ocupados.

Comimos en silencio.

No quería echar yo más leña al fuego, pero ya me conozco.

—¿Todo bien?

Asintieron con la cabeza.

—¿Estamos jugando a los monjes cartujos? —dije esgrimiendo mi mejor sonrisa.

Sofía sonrió también, pero Sebastián parecía el locutor del noticiero de la noche a punto de contar que se había estrellado un avión en la esquina.

Esta vez no hubo un libro cómplice en medio de la historia.
Pero en ocasiones la vida misma es una novela.
Y así hay que leerla.

ESCAPADA

Sebastián pasará las dos noches siguientes en un campamento.

Con Sofía, por supuesto. Un grupito ha decidido ir a la falda de la montaña para ver un eclipse lunar. Llevan tiendas de campaña y pertrechos suficientes como para pasar allí una semana.

Me voy a quedar solo.

Mientras se bañaba quise darle una sorpresa y poner un poco de dinero extra en su cartera, por lo que haga falta. Entré a su habitación y la tomé de encima de la mesa de noche.

Y al abrirla, lo primero que encontré fue un condón.

Y me ruboricé como una viejita en misa de doce.

¡Ridículo!

Oí la puerta del baño. Y a trompicones, torpe como siempre, puse la cartera en su lugar, y el dinero sobre la cama.

Ya se marcharon.

Tengo más de 48 horas para leer, oír música, cocinar, o…

Y me decidí por o…

Llamé por teléfono a mi amiga Victoria.

Escribo esto rápidamente porque me espera en su casa.

Es todo lo que diré.

Pero cada quien tiene derecho, aunque sea a veces, a un poco de amor.

¡No soy de piedra, joder!

COSA EXTRAÑA LLAMADA *AMOR*...

Durante la adolescencia de Sebastián viví con él, intensamente, todos sus encuentros amorosos; muchos de ellos tan estrepitosos como una tormenta de novela de Stevenson, llenos de truenos y centellas, remolinos apasionados y olas gigantes que amenazaban con engullirlo; y a mí con él, por andar de confidente y alcahuete.

Sufrió a veces como un perro y otras vivió apasionada y coherentemente eso que se llama amor y que cada quien se lo come a su manera y a su muy particular gusto.

Fue, como fuimos todos, presa de los celos y la rabia, del desencanto y la desilusión. Dejó de respirar alguna vez, se le llenaron de lágrimas los ojos, pensó que la vida no valía la pena sin esa que se alejaba de su lado. Dejó de dormir, de comer, de cortarse el pelo, de organizar su cuarto, de hacer las tareas. Todo ello provocado por esa magia que te envuelve y te hace elevarte como un globo en medio de un campo florido, o por el contrario, que te envenena la sangre y te nubla la vista y la razón.

Explicar el amor es como explicar el origen del universo. Algunos tienen teorías, pero son difícilmente demostrables.

Nuestra vida es el campo de pruebas de un científico loco y somos no más que los conejillos de Indias que reaccionan a impulsos, besos, roces de piel, orgasmos placenteros.

No sabemos estar solos. Qué bueno. Estamos hechos para ser pareja de otro, su complemento, su engranaje necesario, su imprescindible mitad.

Sebastián es el que menos sabe estar solo que el resto del mundo.

Yo no. Aprendí a tropiezos, como ya dije; tengo el cuerpo lleno de cicatrices que así lo atestiguan. Caí una y otra vez, y una y otra vez lo estropeé. Yo solo, sin ayuda de nadie.

Lastimé a algunas personas muy importantes en mi vida y nunca pude pedirles perdón. Tal vez sea de lo único de lo que me arrepienta de verdad.

Pero a veces ese perro rabioso llamado destino te lo impide y no hay manera de echar para atrás la página y comenzar de nuevo.

Viernes ha resultado ser un compañero excepcional. Hemos vivido juntos un montón de aventuras extrañas y cotidianas (pero esas están contadas en otro de mis cuadernos), pero quise aquí solo referirme a esa cosa extraña llamada amor y que nos toma por sorpresa una y otra vez para hacernos ver que el mundo está lleno de infinitas posibilidades.

Los libros han sido nuestra guía y nuestra brújula en la vida, nuestra tabla de salvación y nuestra cama de clavos para disfrutar a gusto de las pesadillas que también saben provocar.

Yo le enseñé a Sebastián todo lo que pude.

Pero a amar, aprendió él solo.

Y hasta ahora todo le va saliendo de maravilla.

Encontró en Sofía a esa compañera y cómplice que todos nos merecemos por lo menos una vez en la vida.

Juntos son divertidos, honorables, solidarios, pasionales, tiernos, volcánicos, arrebatados, enloquecidos, maravillosos.

Por separado, tan solo son seres humanos. Con ciertos defectos y ciertas virtudes.

Los miro cómo se toman de la mano mientras están sentados a la mesa del comedor, sin ningún miedo, sabiéndose culpables de haber caído en las garras del amor y disfrutándolo todos los días.

Me han enseñado muchas cosas que yo daba por aprendidas sin realmente saberlas a ciencia cierta.

Sofía tuvo en algún momento, creo que a los 17, un problema cardiaco que parecía ser grave pero que al final resultó tan solo pasajero.

Pasó en el hospital una semana.

Y Sebastián estuvo a su lado las 24 horas de cada uno de esos días.

Comía porque yo le llevaba comida a la habitación. Se bañaba allí mismo y se cambiaba con la ropa que le llevaba. Esos eran los únicos momentos en que soltaba su mano.

Yo sugerí, en vista de que ella estaba mejor, que se fuera a casa, a la escuela, que podría volver por la noche si quería.

Y una mirada fulminante de ese muchacho que se convirtió de golpe en un adulto tenaz y responsable me contestó sin decirme siquiera una palabra.

Me quedó claro que si encuentras al amor de tu vida no lo puedes soltar ni un instante, igual que los sueños que tienes y que no se te pueden perder de vista un solo momento porque, en caso contrario, los perderás para siempre. Porque el amor es eso, una intuición, un relámpago en medio de la noche, una corazonada que puede salir bien o mal, pero a la que nunca puedes quedar a deber porque no te atreviste a dar el paso necesario.

Con eso me conformo. Esta es la vida que elegí y a ella me apego.

Soy feliz...